Kuolema kulkee ratsain

© 2023 Markus Hirsilä
Kansi: Markus Paajala
Kustannustoimittaja: Kukka-Maria Ahokas
Taitto: Books on Demand
Kustantaja: BoD – Books on Demand, Helsinki, Suomi
Valmistaja: BoD – Books on Demand, Norderstedt, Saksa
ISBN: 978-952-80-1903-9

Markus Hirsilä

Kuolema kulkee ratsain

Western

Isälle,
henkiselle lännen miehelle.

Luku 1

Maanantai

NYT

Muukalainen ratsasti preerialla, ja kaupunki siinsi hänen edessään. Leppeä tuuli heilutti rauhallisesti kitukasvuisia pensaita ja nostatti samalla ilmaan pölyä. Muukalaisen ratsu astui varmoin, vaikkakin väsynein askelin, sillä taival oli ollut pitkä. Kaksikko sulautui ympäröivään maisemaan varsin hyvin: muukalainen oli pukeutunut ruskeaan pitkään takkiin, joka oli sävyltään lähes täysin samanlainen kuin hevonenkin.

Ratsastajan pään yläpuolella liiteli musta varis, joka suuntasi edeltä kaupunkia tarkastelemaan. Sinisillä silmillään lintu pani merkille sheriffin toimiston, vaatimattoman parturin ja sekatavarakaupan, joka näytti pullistelevan kaikenlaista pientä tavaraa kuistille asti. Hieman edempänä näkyivät pieni pankki, räätälin ja suutarin tilat ja niitä vastapäätä kaksikerroksinen talo, joka toimitti yhdistetyn saluunan ja hotellin virkaa. Sen vieressä erottui hevostalli ja pitkän keskuskadun päässä näkyi vielä yksi huomattavan isokokoinen puutalo. Havainnot tehtyään varis palasi takaisin ja istahti kadun alkupäässä olevalle aidalle odottamaan.

Aurinko oli laskeutumassa muukalaisen selän taakse, minkä vuoksi ratsastajan pitkä varjo saavutti kaupungin ennen kuin hän saapui keskuskadun päähän. Varsin kaukaa muukalainen näki, ettei kaupunkia voinut suureksi kutsua. Keskelle preeriaa rakennetussa kylässä ei ollut kuin yksi leveä pääkatu ja sen molemmin puolin rakennuksia vieri vieressä. Osa kyläläisistä kulki askareissaan talolta toiselle, mutta pääosin kaupunki tuntui valmistautuvan auringon lailla unten maille.

Pääkadun alkupään saavutettuaan muukalainen pysähtyi aidan viereen ja katseli hetken mustaa varista.

”Tämäkö se paikka nyt on?”

Lintu vastasi raakkumalla äänekkäästi. Muukalainen tunsi, että varis tuijotti häntä vaaleansinisillä silmillään. Sitten ratsastaja ohjasi hevosensa jälleen liikkeelle.

Muukalainen huomasi joidenkin ohikulkijoiden jääneen tuijottamaan. Suurin osa asukkaista kuitenkin soi hänelle ainoastaan lyhyen uteliaan silmäyksen ja sitten jatkoivat asioidensa toimittamista tulokkaasta enempää välittämättä. Ratsastaja laski kasvoiltaan suojana toimineen huivin ja otti lierihatun päästään ravistaen siitä pölyä hevosensa kylkeen. Hatun musta väri alkoi hiljalleen palautua näkyviin. Muukalaisella oli hyvin lyhyiksi leikatut vaaleat hiukset, jotka alkoivat selvästi harmaantua ohimoilta. Tämä yhdistettynä kasvojen juonteisiin kielivät eletystä elämästä, vaikka muukalainen ei vuosissa mitattuna erityisen vanha ollutkaan. Ihonväriltään hän oli vaalea, suorastaan kalpea. Mieleenpainuvin ominaisuus miehessä olivat silti hänen pistävät ja vaaleansiniset silmänsä. Lisäksi muukalainen oli huomiota herättävän pitkä ja laiha. Jalkoja verhosivat siniset housut ja punertavat saappaat. Paljon elämää nähneessä satulassa erottui teksti "Smith". Pitkän takin alta vilkkuva asevyö oli ilmeisesti joskus ollut musta, mutta nyt niin kulunut, että oli ihme, miten niin loppuun käytetty vyö pysyi edes yllä. Kotelossa riippui valmiina nopeita tilanteita varten Smith & Wesson Model 3 -revolveri, jonka vaaleassa köynnöskaiverrusten koristamassa kädensijassa erottuivat nimikirjaimet "K.H." Aseen koreus verrattuna sitä kannattelevan vyön kuluneisuuteen oli silmiinpistävää. Satulalaukusta näkyi Winchester-kiväärin tukki ja siinä erottuvat nimikirjaimet "T.T." Vaikutelman kiertävästä matkalaisesta kruunasi ratsastajan taakse rullalle kieritelty viltti erämaassa yöpymistä varten.

***

Ratsastettuaan keskuskadun toiseen päähän muukalainen pysäytti ratsunsa yhdistetyn hotellin ja saluunan eteen. Kiinnitettyään suitset juottokaukalon yhteydessä olevaan paaluun ratsastaja taputti hevostaan hellästi tehden tälle samalla selväksi, että päivän työ oli päättynyt.

Saluunaan astuessaan tulokas sai saman vastaanoton kuin kaupunkiin saavuttuaan. Läsnä oli ainoastaan kourallinen miehiä ja jokainen heistä tuntui pitävän huolen lähinnä omista asioistaan vilkaistuaan ensin sivusilmällä tulokkaan suuntaan. Tiskin takana seisoskeleva baarimikko Radalla Simmons nosti katseensa kohti muukalaista, otti kasvoilleen ammattilaisen hymyn ja tervehti vierasta. Kookkaan nenän alla hänellä oli ohueksi viivaksi ajellut viikset, hänen hiuksensa olivat mustat ja kiharat. Paksu tukka sojotti joka suuntaan, joten baarimikko ei selkeästi kantanut suurtakaan huolta hiustensa siisteydestä. Hän oli pukeutunut mustaan paitaan ja valkeaan esiliinaan. Simmons oli ehtinyt nähdä uransa aikana jos jonkinlaista kulkijaa eikä siksi hämmästynyt tuntematonta asiakasta muiden kaupunkilaisten lailla.

”Mitä saisi olla?” tiedusteli Simmons pyyhkien samalla olutlasia suttuisen esiliinansa etumukseen.

”Viski voisi maistua, mutta vain yksi”, totesi muukalainen ilmeettömästi. ”Ja voisin ottaa huoneen yöksi.”

”No sehän meiltä onnistuu”, vastasi baarimikko, kaivoi tiskin alta esiin paukkulasin ja ryhtyi kaatamaan siihen halvinta mahdollista viskiään. Paikalliset eivät yleensä olleet tarkkoja juomiensa laadusta, eikä tämäkään uusi tulokas tuntunut nyrpistävän nenäänsä.

Simmons nosti muukalaisen eteen hotellin vieraskirjan ja sen viereen pienen mustepullon. ”Laittakaa nimenne tähän. Ja jos ette osaa kirjoittaa, voitte merkitä siihen haluamanne puumerkin.”

Muukalainen vilkaisi baarimikkoa vaaleansinisillä silmillään lievästi hämmästynyt ilme kasvoillaan. Hän ei kuitenkaan sanonut mitään. Hetken vieraskirjaa silmäiltyään hän tarttui tarjottuun kynään, kastoi sen mustepulloon ja kirjoitti hienostuneella käsialalla vieraskirjaan nimen: James Anderson.

Baarimikko käänsi kirjan ympäri ja tuijotti paperilla kuivuvaa mustetta. Hän nyökkäsi vaikuttuneena tulijan käsialasta ja kaivoi itsestään esiin entistäkin palvelualttiimman asenteen.

”Saisiko olla sikari juomanne kera?”

"Ei kiitos, en polta", totesi Anderson ja tyhjensi viskipaukkunsa yhdellä kulauksella.

"Kai sinä sentään naisia harrastat?" kuului jostain läheltä ilkikurinen ääni.

Anderson käänsi päätään samalla kulmiaan rypistäen. Hän ei muistanut, milloin olisi viimeksi tavannut ihmisen, joka onnistui ensivaikutelmallaan tekemään yhtä vastenmielisen vaikutuksen. Likaisesta esiliinasta ja muutamasta käsissään olevasta tyhjästä oluttuopista Anderson päätteli, että miehen täytyi olla jonkinlainen saluunan apupoika. Mies hymyili leveästi, ja Anderson huomasi, ettei tällä ollut suussaan enää kuin muutama hammas tallella. Ne jäljellä olevatkin näyttivät kovin haurailta ja olivat sävyltään syvän keltaiset. Miehen leukaperää verhosi ruokkoamaton parransänki. Mies seisoi silminnähden etukenossa ja huonon ryhdin lisäksi apinamaista vaikutelmaa vahvistivat luonnottoman pitkät kädet. Hän ei ollut mitaltaan erottuvan pitkä tai lyhyt. Silti miehen tapa kantaa itsensä sai hänet näyttämään uhoavalta, pienikokoiselta ja hygieniaansa huolettomasti suhtautuvalta riidanhaastajalta.

"Mene sinä Davis vaikka keittiöön auttamaan siivoamisessa", totesi alaisensa käytöksestä harmistunut baarimikko ja viittoi laajalla kädenheilautuksella kyseistä Davisia poistumaan. Seurasi muutaman sekunnin mittainen tuijotuskilpailu, jonka aikana näytti siltä, ettei Davisilla ollut aikomustakaan totella baarimikon käskyä.

"Mihin sinä John jäit? Ei täällä ole vielä työt tehtynä!" Tiukkasävyistä ilmoitusta säesti rätti, joka iskeytyi voimalla apupojan rintaan ja säpsäytti tämän hereille. Davisin viereen oli ilmestynyt häntä vanhempi nainen, joka oli pukeutunut kuluneeseen leninkiin, ja vyötäisiltä roikkui arvatenkin tiskivedestä kostea esiliina. Tuiman naisen harmaantuvat hiukset oli sidottu niin tiukalle nutturalle, että se varmaankin riitti suoristamaan useammankin rypyn hänen kasvoiltaan, Anderson ajatteli hiljaa mielessään.

Baarimikko ei ollut koko aikana siirtänyt katsettaan pois alaisensa silmistä ja nyt hän tavoitti ne taas. "Suosittelen tottelemaan, Davis. Tiedät kyllä itsekin, että Isabel saa lopulta aina haluamansa."

Tällä kertaa apupoika totteli, joskin hänen itsetyytyväinen hihityksensä kuului vielä takahuoneestakin.

"Pahoittelut alaiseni puolesta", sanoi Simmons Andersonin puoleen kääntyen. "Tämä meidän John Davisimme on yksinkertainen mies, jolla on yksinkertaiset huvit. Kaupungilla liikkuvien huhujen mukaan hän vietti lapsuutensa viinan ja väkivallan varjossa, mikä selittänee ainakin osan hänen käytöksestään. Useimmiten hänestä on kuitenkin hyötyä, kunhan vain muistaa suunnata hänen energiansa hyödylliseen työhön. Yleensä vaimoni onnistuu pitämään hänet aisoissa keittiön puolella."

Anderson ei vastannut, mutta hipaisi sormillaan hattunsa lieriä merkiksi, ettei kanna kaunaa välikohtauksesta, ei ainakaan baarimikolle. Sitten tulokas palasi takaisin kadulle, talutti hevosensa tallille ja vei ratsunsa ruudulliseen paitaan pukeutuneen tallipojan osoittamaan pilttuuseen. Anderson toivotti eläimelle hyvää yötä ja riisui satulan ja suitset. Muuta omaisuutta hänellä ei ollutkaan mukanaan.

Astellessaan hotellin yläkertaan johtavia portaita Anderson pani merkille puulautojen äänekkään natinan. Käytävän päästä hän löysi itselleen osoitetun huoneen ja tarkasteli hetken näkymää oviaukossa seisten. Sisustus oli yksinkertainen: sängyn, tuolin ja pienen pöydän lisäksi muuta ei tarjolla ollutkaan. Vastapäätä oleva ovi johti pienelle parvekkeelle. Sieltä avautui näkymä kaupungin ylle ja aavalle preerialle, jonka keskelle kaupungin rakennukset oli rakennettu.

***

Anderson laski hevosen varusteet sängyn viereen ja kaatoi pöydälle asetetusta isosta kannusta vettä metalliseen vatiin. Pitkän taivasalla vietetyn päivän jälkeen lämmin vesi tuntui kasvoilla suorastaan taivaalliselta. Käsillä oleva pyyheliina oli onneksi puhdas, joten virkistäytymisen kokemus oli täydellinen. Sen jälkeen

Anderson etsi tottunein elein satulalaukustaan nokkahuilun ja astui ulos parvekkeelle. Pieni, taidokkaasti koristeltu soitin oli ajan myötä tummunut. Huilun kylkeen kaiverrettu nimi paljasti, että soitin oli valmistettu omistajalleen persoonalliseksi itseilmaisun välineeksi.

Oli pimeää, mutta ilma ei ollut vielä ehtinyt viiletä. Kaupungin keskuskatua valaisi muutama soihtu ja öljylamppu, joiden luomaa himmeää valoa lukuun ottamatta pimeys oli kietonut yhteisön hiljaiseen syleilyynsä. Lempeä yöilma otti vastaan nokkahuilun sävelmät. Surumielinen musisointi oli vahvasti mollivoittoista ja Anderson tunsi rentoutuvansa sitä mukaa kun surumieliset sävelet nousivat kohti taivasta.

Parvekkeen kaiteelle istahti musta varis. Se ei juuri erottunut yötaivasta vasten, mutta syystä tai toisesta Anderson aisti sen läsnäolon. Jos varis olisi osannut lukea, se olisi ehkä huomioinut soittajan käsien alta nokkahuiluun kaiverretun kirjainyhdistelmän HEL. Lintu ei raakkunut eikä lentänyt pois silloinkaan, kun Anderson toivotti sille hyvät yöt ja palasi huoneeseensa.

Sen jälkeen tulokas etsi takkinsa taskusta valokuvan. Kulunut mustavalkoinen kuva oli vankkatekoista pahvia, joten se oli kestänyt aikaa ja rasitusta hyvin. Huoneen hämärässä ei ulkopuolinen olisi saanut selvää kuvasta. Anderson kuitenkin tiesi, että se esitti pariskuntaa parhaimpiinsa pukeutuneina ja heidän keskellään, yhtä edustavasti vaatetettuna, istui arviolta 12-vuotias hymyilevä poika. Hetken ajan pahvista pintaa sormella siveltyään Anderson asetti kuvan takaisin takkinsa taskuun, riisuutui ja kävi lepäämään tietäen, ettei unen tuloa tarvinnut pitkään odottaa.

Luku 2

AIEMMIN

Silmälasipäinen valokuvaaja ahersi keskittyneesti kameransa takana. Hän oli pukeutunut tavalliseen työpäiväänsä nähden epätavallisen edustavasti. Tarkoituksena oli vaatetuksella osoittaa, että kyseessä oli merkittävän kaupungin merkittävin valokuvaaja, jonka ateljeessa tuotettiin lännen laadukkaimpia valokuvia.

Seinän eteen oli levitetty aavaa preeriaa esittävä laaja taustakuva. Valittavana olisi ollut myös moderni kaupunkimaisema katukivetyksineen ja -lamppuineen. Kuvattavaksi saapunut perhe oli kuitenkin tehnyt heti selväksi, että he halusivat juuri erämaan kutsua säteilevän preeriakuvan potrettinsa taustaksi. Valokuvaaja itse ei ollut käynyt enää vuosiin asuinkaupunkinsa, niin sanotun sivistyksen, ulkopuolella. Sen vuoksi hän ei kyennyt samaistumaan heihin, jotka suuntasivat intoa uhkuen kohti tuntematonta länttä onnea etsimään. Näitä aatoksia valokuvaaja ei tietenkään asiakkailleen paljastanut. Enemmän häntä harmitti näiden uudisraivaajien voimakas ja vieras korostus, jonka vuoksi heidän puhettaan oli vaikea ymmärtää.

Taustakuvan edessä kolmihenkinen perhe asetteli itseään paikoilleen. Äidillä oli päällään päivänvalossa himmeästi kiiltävä leninki. Pohjaväri oli puhtaanvalkoinen, mutta siellä täällä risteili pysty- ja vaakatasossa sinisiä raitoja. Naisen vaaleat hiukset ja kalpea iho yhdessä vieraan korostuksen kanssa kielivät maahanmuuttajataustasta. Isällä puolestaan oli nenänsä alla komeat viikset ja päässä korkea musta silinterihattu. Hyvin toimeentulevan yläluokkaisen kaupunkilaisen asua imitoiva kokonaisuus oli täydellinen. Erityisen tärkeää isälle tuntui olevan se, että hänen kaulassaan roikkuva kultainen koru, joka hämärästi muistutti leijonaa, näkyisi kuvassa. Valokuvaaja huomasi salaa harmittelevansa, että pystyi ottamaan kamerallaan ainoastaan mustavalkoisia kuvia. Toki kaupungin ja ehkä koko maan parhaita mustavalkokuvia, mutta silti. Isän vaaleansiniset silmät olisivat epäilemättä hätkähdyttäneet värikuvassa.

Hieman toisella kymmenellä oleva, parhaimpiinsa puettu poika ei sen sijaan ollut valokuvauksesta yhtä innoissaan kuin vanhempansa. Vaatteet tuntuivat hänen yllään vierailta, hiersivät sieltä ja täältä, mutta ennen kaikkea näyttivät typeriltä. Poika oli selvästi perinyt silmänsä isältään, joka saikin lopulta hallitsevan katsekontaktin lapseensa.

"Tämä on tärkeä hetki. Vaikka et sitä juuri nyt ymmärräkään, tulet muistamaan tämän tärkeänä vedenjakajana koko sukumme historiassa. Me olemme nyt Amerikassa ja meillä menee hyvin. Annetaan sen siis näkyä", isä selitti pojalle.

Isän ylevät sanat eivät täysin tehonneet, sillä valokuvan onnistumiseksi vaadittavaa 30 sekunnin liikkumattomuutta täytyi harjoitella useamman kerran. Lopulta valokuvaaja sai otetuksi ammattiylpeydelleen oikeutta tekevän otoksen.

***

Kuvauksen jälkeen isä nosti viimeisiä matkatavaroita valokuvausateljeen eteen pysäytettyihin katettuihin vankkureihin. Ohi kulkevien hevosten kaviot kopisivat kivetyllä kadulla. Matkaa varten isä oli vaihtanut asunsa arkisempaan. Vastaavan asunvaihdon oli tehnyt myös poika, joka istui ohjaajan paikalla katsellen silmät suurina kaikkea ympärillään tapahtuvaa. Oikeaa ohjastajaa matkien hän antoi hevosille käskyjä huuliaan pärryttäen. Lapsenomainen innostus tulevasta matkasta kohti länttä oli käsinkosketeltava. Poikaan aikapäiviä sitten tottuneet hevoset eivät liikahtaneetkaan innokkaista käskyistä huolimatta. Ne tiesivät odottaa oikeaa lähtökäskyä, joka epäilemättä pian annettaisiin.

Isä komensi pojan siirtymään paikaltaan ja nousi vankkureihin ohjastajan paikalle. Poika siirtyi vastaan sanomatta sivuun ja käänsi katseensa valokuvausateljeen ikkunaa kohti. Sisäpuolella erottui äiti, joka oli pukeutunut matkaa varten käytännöllisempään asuun. Valokuvaaja saapui takahuoneesta kädessään valokuva, jonka hän laski tiskille. Sitten kuvaaja sanoi jotakin hymyillen, ja osoitti tiskin kulmalla olevaa mustepulloa ja kynää. Äiti vastasi, tarttui kynään ja kirjoitti kuvan taakse jotain. Vaikkei poika kuullut ateljeen sisällä käytävää keskustelua, hän pystyi päättelemään valokuvaajan toivottaneen lopuksi hyvää päivänjatkoa ja tervetuloa uudelleen.

Kadulle astuttuaan äiti sulki ateljeen oven takanaan. Mies ojensi kätensä vaimolleen, joka tarttui siihen ja nousi toisella kädellä hameensa helmaa pidellen vankkureille ohjaajan viereen. Samalla poika siirtyi istumaan matkatavaroiden päälle sen kummempia vastalauseita esittämättä.

"Pidä tallessa", sanoi äiti ja ojensi tuoreen valokuvan pojalle. Kuva katosi pojan housujen taskuun. Siellä potretti pysyisikin tallessa kauemmin kuin kukaan perheestä osasi odottaa.

"Oletko nyt ihan varma, että kivihiilikaivokseen sijoittaminen oli hyvä idea?" äiti kysyi puolisoltaan, joka antoi hevosille lähtökäskyn. Matka kohti tuntematonta länttä oli alkanut.

"Sain taistella tosissani, mutta lopulta voitin sen tarjouskilvan. Toiseksi jäänyt sijoittaja vaikutti varakkaalta ja päättäväiseltä, mutta minä olin silti onnekkaampi", isä katseli kaukaisuuteen muistellen lunastushetkeä, josta oli vieläkin ylpeä. "Sitä paitsi olethan pitkään puhunut, että meidän pitäisi kokeilla onneamme lännessä. Mahdollisuuksia menestymiselle on siellä varmasti enemmän ja onhan kaivosliiketoiminta varsin vakaa ala."

"Mutta yllätyksiäkin voi sattua, kun eletään sivistyksen rajamailla", äiti mutisi.

"Niin voikin, mutta olemme me ennenkin pärjänneet. Sitä paitsi olen kuullut, että paikalliset ovat kunnon väkeä. Ja ajan kanssa kaivos saattaa mahdollistaa nousuni yhteisön merkkihenkilöksi." Puhuessaan isä oli kääntänyt katseen vaimoonsa: "Ja sehän merkitsee samalla myös sinun asemasi vahvistumista paikallisten silmissä."

Äiti ei vastannut mitään, mutta hymyili merkitsevästi.

Rauhallista vauhtia vankkurit suuntasivat ulos kaupungista kohti aavaa ja tuntematonta preeriaa, jonka tuolla puolen heitä odotti kaikki menestyksen mahdollisuudet. Niin he olivat kuulleet puhuttavan.

***

Lähes koko pitkän matkan poika oli katsellut vankkureista vanhempiensa selkäpuolta, mutta ei hän tietenkään malttanut olla tarkkailematta edessä avautuvaa maisemaa mahdollisuuksien niin salliessa. Sinisellä taivaalla pilvenriekaleet liikkuivat länteen kuin näyttääkseen suuntaa vankkureita vetäville hevosille. Taivaanrannassa avautuva preeriamaisema kutsui luokseen luvaten loputtomat menestymisen mahdollisuudet jokaiselle, joka oli valmis ottamaan riskin ja tarttumaan työhön.

Äkkiä isän katse pysähtyi ja hän jäi tuijottamaan suoraan eteensä. Kaukaa heidän edessään vankkurireitillä erottui kahden ratsastajan ääriviivat. Isä kohotti kätensä tervehdykseen. Samalla äiti työnsi kädellään poikaa syvemmälle vankkureihin ja käski tämän varmuuden vuoksi piiloutua peitteen alle.

Matkatavaroiden väliin jäävästä pienestä raosta poika näki ja kuuli, kuinka isä pysäytti vankkurit. Useita tunteja yhtämittaisesti jatkunut kolina ja epätasainen liike taukosivat äkisti. Ulkopuolelta poika kuuli kahden vieraan miehen puhetta, joka vuorotteli hänen isänsä teennäistä ystävällisyyttä tihkuvan äänen kanssa. Sananvaihto ei kestänyt kauaa.

Luku 3

Tiistai

NYT

Aurinko oli jo noussut, kun Anderson astui uudemman kerran kaupungin pääkadulle. Ihmiset kiiruhtivat edes takaisin kuka millekin asialleen. Edes arkinen aamupäivä ei onnistunut rikkomaan vaikutelmaa uneliaasta pienestä pitäjästä keskellä preeriaa.

Andersonin ohi vilistivät suurikokoiset kärryt, joiden kuorma oli heitelty hätäisesti pitkin lavaa. Kilinä ja kolina paljasti, että seurue oli matkalla töihin kaivokselle. Kärryillä istui ja makoili joukko hyväntuulisia miehiä, joiden käsivarret ja vaatteet olivat mustien tahrojen täplittämät. Hakkujen ja kankien tuottama melu ei tuntunut häiritsevän heitä lainkaan. Päinvastoin miehet vaihtoivat vilkkaasti kuulumisia ja erityisen suuren sijan saivat kuvaukset menneistä ja tulevista naisseikkailuista. Siitä puhe mistä puute, Anderson mietti kävellessään. Kaivoksessa tuskin näki naisia liian usein.

"Hei muukalainen! Luuletko olevasi lännen nopein vetäjä?"

Anderson pysähtyi. Hän vilkuili ympärilleen todeten, ettei kadulla sillä hetkellä ollut hänen itsensä lisäksi muita kuin lyhyen matkan päässä häntä vilkuileva mies. Tai oikeammin poika, sillä Anderson arvioi edessään seisovan henkilön ehkä 15-vuotiaaksi. Haasteen heittäjä oli pukeutunut epätavallisen näyttävästi ja kantoi asevyöllään peräti kahta revolveria. Takin pitkät nahkahapsut heiluivat vallattomasti, sillä puhuessaan poika elehti käsillään kuin huutokauppameklari. Hänen koko olemuksensa aina lierihatun ja saappaiden uutuuden kiiltoa myöten suorastaan huusivat, ettei vaatteita ja aseita ollut käytetty juuri muuhun kuin patsasteluun.

"Minulleko sinä puhut?" tiedusteli Anderson aidosti hämmentyneenä.

"Tietysti! Näin sinun eilen tulevan kaupunkiin ja todistan olevani sinua nopeampi", poika ilmoitti asiansa tarpeettoman kuu-

luvalla äänellä, jottei kenellekään jäisi epäselväksi hänen rohkeu-
tensa haastaa tuntematon mies kaksintaisteluun.

"Oletko tosissasi?" Anderson kysyi aivan kuin ei uskoisi kor-
viaan.

Sanaakaan sanomatta poika veti esiin molemmat revolverinsa,
mutta osoitti niillä viisaasti maahan eikä kohti Andersonia. Piip-
pujen harmaa metalli kiilsi aamupäivän auringossa.

"Mene poika töihin, tai ainakin kotiin kasvamaan", sanoi An-
derson ja jatkoi matkaansa. Varmuuden vuoksi hän piti silti kat-
seen pojassa, kunnes näki tämän työntävän revolverit takaisin
koteloihinsa.

***

Anderson pysähtyi säänpieksemän puisen talon eteen, jonka oven
yläpuolelle oli maalattu suurin kirjaimin "sheriffi". Sisäänkäynnin
vasemmanpuoleisella seinällä heilui tuulessa paperinriekaleita.
Anderson päätteli, että se oli seinä, johon kiinnitettiin julisteita
etsintäkuulutetuista. Riittävän kauan ulkoisia puitteita silmäil-
tyään Anderson astui oven eteen, koputti kuuluvasti ja avasi oven.

Koputus oli tarpeeton, sillä kun oven avasi, kilahtava kello il-
moitti sisällä olijoille tulijasta. Anderson näki edessään leveän
pöydän, jolla oli papereita puolihuolimattomissa kasoissa. Ilmassa
leijui ummehtunut haju. Pöydän takana näkyivät kahden ahtaan
sellin kalterit. Sisällä molemmissa oli kapea puinen lavetti nukku-
mista varten ja lattialla metallinen ämpäri luonnollisten tarpeiden
tekemistä varten. Molemmat sellit olivat kuitenkin tyhjiä.

Pöydän takana istui Andersonia selvästi lyhyempi mies, jonka
liivin vasempaan rintamukseen oli kiinnitetty sheriffintähti. Pos-
kia peitti kookas parta ja silmät olivat tarkkaavaiset ja terävät.
Siisti olemus viesti sheriffin suhtautuvan työhönsä vakavasti. Tai
sitten hän vain halusi pukeutua keskimääräistä siistimmin myös
tavallisena arkipäivänä. Andersonin astuessa sisään sheriffi nosti
kermanväristä lierihattuaan ylemmäs otsalle nähdäkseen, kuka
tulija oli.

"Huomenta", Anderson toivotti ja sulki oven takanaan. "Olen Anderson ja saavuin kaupunkiin eilen illansuussa. Olisiko teillä tarvetta työntekijälle?"

Sheriffi kohotti kulmiaan ja ryhtyi mittailemaan tulijaa katseellaan päästä varpaisiin. Hän suki partaansa mietteissään. Aikansa tulijaa arvioituaan sheriffi nousi ylös ja ojensi pöytänsä takaa Andersonille kättä.

"Sheriffi Charles Harris – joskin minut tunnetaan täällä tuttavallisesti nimellä Chuck."

Anderson käveli sheriffin eteen ja tarttui ojennettuun käteen. Puristus oli vankka, eikä kielinyt ainakaan epävarmuudesta. Hyvä niin, Anderson ajatteli.

"Olisiko teillä sisua lähteä pienelle keikalle, joka saattaa kehittyä aseelliseksi yhteenotoksi?" tiedusteli sheriffi. "Kaupunkimme epävirallisen palkkionmetsästäjän pitäisi olla tulossa luokseni nyt aamulla ja hän saattaisi kaivata apua mukaansa. Jos ei muuta niin varmuuden vuoksi."

"Kyllähän minulla sisua on."

"No hyvä. Tuskin olet ainakaan edeltäjääsi heikompi."

Sheriffin hieman arvoituksellinen kommentti palautti Andersonin ajatukset hetki sitten kadulla kohtaamaansa kaksintaisteluhaasteeseen.

"Osaisitteko kertoa, kuka tuo tuntemattomia haastava ja revolvereja heilutteleva äänekäs poika oikein on?"

"Siis hänkö haastoi teidätkin?" huokaisi sheriffi.

"Kyllä ja uho oli suorastaan haistettavissa."

"Neuvoisin olemaan välittämättä pojasta", sheriffi lepytteli. "Matthew Millsin isä George menehtyi joitakin vuosia sitten… sanotaanko vaikka kaivoksella tapahtuneen valitettavan tapahtumaketjun päätteeksi. Sen jälkeen pojalla on ollut kova tarve tuoda esiin taitojaan kaikissa mahdollisissa tilanteissa."

"Vielä kerran hän kohtaa jonkun, joka ottaa haasteen vastaan", Anderson sanoi pahaenteisesti.

"Sitä minäkin pelkään. Mutta se on sitten sen ajan murhe", sheriffi Charles "Chuck" Harris vastasi.

***

Ovikello kilahti vaimeasti.

"Huomenia! Jaa, et ollutkaan yksin."

Anderson kääntyi ympäri. Ovella seisova mies otti hatun pois päästään. Hänen hiuksensa olivat yönmustat ja silmät tummat. Mies kiersi katseellaan sheriffin toimiston. Suu kaartui hymyyn, mutta hymy ei noussut silmiin asti. Katseessa oli aimo annos suoranaista kylmyyttä. Pitkä mies oli selkeästi mieltynyt tummiin sävyihin, sillä ainoa väripilkku hänen olemuksessaan oli kaulan ympärille kiedottu kellanruskea huivi. Väri toi etsimättä Andersonin mieleen kaupungin keskuskadun pölyisen maantien. Lanteilla roikkui asevyössä pätevältä vaikuttava revolveri ja vyön pieniin lenkkeihin oli aseteltu valmiiksi rivi patruunoita.

"Huomenia, Garrett", sheriffi vastasi. "Astu peremmälle ja sano päivää… Andersonhan se oli?" puhuessaan Harris kääntyi kysyvästi Andersonin puoleen.

"James Anderson ja ilmeisesti tänään myös työtoverisi."

"Vai sillä tavalla", totesi Garrett ja mittasi sheriffin tapaan katseellaan Andersonia päästä varpaisiin. Garrett teki kuitenkin arvionsa sheriffiä nopeammin lyhyen kädenpuristuksen aikana.

"Ethan Garrett", tumma mies esitteli itsensä koko nimellään ja painoi sen jälkeen hatun takaisin päähänsä. "Mistä mahtaa olla kyse?" Garrett tiedusteli siirtäen huomionsa sheriffiin.

Vastausta ei kuulunut heti ja seuranneen hiljaisuuden aikana sheriffi kävi läpi sekaisia paperikasojaan. Löydettyään etsimänsä hän nosti paperin eteensä.

"Lähistöllä varastettiin hevonen yön tunteina. Omistajan mukaan tekijänä olisi ollut Paul McClellan. Tänään hänestä ei ole saatu havaintoja, mutta emme tietenkään voi automaattisesti olettaa, että varas olisi ollut juuri hän."

Sheriffi piti pienen tauon, jonka aikana hän suki taas mietteliäänä partaansa. Sitten hän kohotti katseensa pöydän toisella puolella seisovien Andersonin ja Garrettin puoleen.

"Tehtävänänne on tietenkin jäljittää Paul McClellan. Löydettyänne hänet selvitätte, onko hän syyllinen hevosvarkauteen. Jos on, tuotte hänet tänne oikeuden eteen." Sheriffi siirsi katseensa Garrettiin: "Elävänä, mikäli vain mahdollista. Voi kuitenkin olla, ettei hänellä ole aikomustakaan antautua. Hevosvarkaudesta kun joutuu hirteen ja McClellan tietää sen."

Sheriffi käänsi katseensa Andersoniin, mutta Anderson vältteli suoraa katsekontaktia ja naulasi katseensa seriffin aataminomenan alapuolelle.

"Anderson lähtee mukaan apupojaksi", seriffi tokaisi.

Anderson kurtisti otsaansa sanalle "apupoika". Sheriffi ymmärsi yskän ja riensi jatkamaan: "Anderson vaikuttaa kaikin puolin pätevältä, mutta mehän tapasimme vasta hetki sitten. Ainakin ensimmäisen keikan ajaksi haluan antaa johdon sellaiselle, jolla on näyttöjä tehokkaasta toiminnasta."

Sheriffi käänsi kädessään pitelemänsä paperin ympäri ja näytti kuvaa, joka mitä ilmeisimmin esitti hiilipiirrosluonnosta hevosvarkaudesta epäillystä Paul McClellanista. Samassa miesten takana oleva ulko-ovi lennähti auki valtavalla voimalla.

***

Selin ovelle päin olleet Anderson ja Garrett käännähtivät vauhdilla ympäri ja molemmat laskivat vaistomaisesti kätensä revolverin perälle. Oviaukossa seisoi hurjistuneen näköinen John Davis, jonka Anderson muisti tavanneensa edellisenä iltana saluunassa. Davisin esiliina oli poissa ja tilalla oli hohtavan valkoinen asevyö, jolla roikkui parempiakin päiviä nähnyt ruosteesta pilkullinen kuudestilaukeava. Vyön lisäksi muuta siistiä tai vakuuttavasta ammattilaisesta viestivää merkkiä ei Davisissa ollutkaan. Paita repsotti osittain ulkona housuista, joiden napit näyttivät jääneen puoliksi auki. Andersonin mielestä oli suorastaan ihme, että housut pysyivät ylipäänsä ylhäällä. Davisin suupielissä näkyi kuivahtanutta kuolaa ja kiivas hengitys sihisi puuttuvien hampaiden välissä.

Garrett naurahti ja suoristi itsensä irrottaen otteensa aseen perältä. Anderson sen sijaan ei hievahtanutkaan, vaan tuijotti herkeämättä Davisia.

"Huomenta, herra Davis. Miten voin palvella teitä tänä kauniina aamuna?" sheriffin toivotus tihkui sarkasmia. Anderson ei kuitenkaan voinut olla aivan varma, huomasiko Davis tätä itse. Niin kiihtyneeltä hän vaikutti.

"Kaupungilla puhutaan, että joku muukalainen käveli heti ylös noustuaan sheriffiä tapaamaan. Epäilykseni heräsivät! Aiotaanko minut korvata?" Äänensävystä päätellen Davis oli itseensä tyytyväinen tehtyään näin nerokkaan päätelmän.

"Siltähän se vähän näyttää", vastasi sheriffi luotuaan Davisiin merkitsevän katseen. "Sitä paitsi, koeta John ajatella positiivisesti. Sinulla on edelleen työsi saluunassa ja kuuleman mukaan pärjäät ihan hyvin. Ei sinun tarvitse altistaa itseäsi tarpeettomille riskeille, joita sheriffin apulaisena toimiminen tuo väistämättä mukanaan."

Andersonista tuntui uskomattomalta, että sheriffin kaltainen mies vaivautui selittämään ammattinsa harjoittamiseen liittyviä valintoja Davisin kaltaiselle ilmestykselle. Ehkäpä kysymys oli silkasta hyväsydämisyydestä yhdistettynä sääliin.

"Ja samalla", sheriffi viittasi kädellään sinisilmäiseen tulokkaaseen, "Anderson saa tilaisuuden osoittaa, onko hänessä ainesta. Meillä ei ole näillä main koskaan liikaa miehiä, jotka kykenevät ylläpitämään lakia tarvittaessa."

Apinamaisen pitkiä käsiään heilutellen Davis astui muutamalla askeleella Andersonin eteen, joka ei hievahtanutkaan. Hän ei irrottanut otettaan revolverinsa kahvalta. Seurasi pitkä hiljaisuus, jonka aikana Davis puuskutti ja puhisi muutaman tuuman päässä Andersonin kasvoista. Vanhan viinan haju oli vahva puhumattakaan katkusta, jollainen lähtee hampaansa poikkeuksellisen huonosti hoitaneen suusta. Ilmeen kivisillä peruslukemilla pitäminen vaati Andersonilta selvästi ponnistelua.

"Minä muistan tämän. Me tapaamme vielä", sanoi Davis tökäten merkitsevästi Andersonia vatsaan likaisella etusormellaan. Sitten entinen palkkionmetsästäjän apulainen ja nykyinen saluuna-apulainen kääntyi kannoillaan, asteli ulos painokkain askelin ja paukautti oven perässään kiinni. Viimeinen asia, jonka sisään jäänyt kolmikko havaitsi ovessa olevasta pienestä ikkunasta, oli kadulle katoava repsottava paidanhelma.

***

Seurannut hiljaisuus jatkui hyvän tovin. Oli ikään kuin kaikki olisivat odottaneet jonkun sanovan jotakin.

”Voisiko toinen arvon herroista kertoa, mitä äsken oikein tapahtui?” Anderson tiedusteli lopulta diplomaattisimmalla mahdollisella äänellään.

”Pahoitteluni”, vastasi sheriffi nostaen kätensä anteeksipyytävään eleeseen. ”Joskus menneisyydessä John Davis toimi muutaman kerran Garrettin apulaisena, aivan kuten te nyt. Tämä kaupunki on muodostunut suurimmaksi osaksi kivihiilikaivoksemme ympärille. Siellä päivätyönsä tekeviä miehiä harvemmin kiinnostaa lähteä ottamaan riskejä ase kädessä. He haluavat keskittyä vain elannon tienaamiseen itselleen ja perheilleen.”

Anderson siirsi kysyvän katseensa Garrettiin, joka kohautti olkapäitään kuin sanoen *minkäs sille mahtaa.*

”Ja ilmeisen äkkipikaisuuden ja siivottomuuden lisäksi Davis ei tunnu olevan kovinkaan kiinnostunut sen enempää omasta kuin muidenkaan hengestä”, sheriffi jatkoi edelleen kasvoillaan pahoitteleva ilme. Hän ilmiselvästi koki olevansa jollain tasolla vastuussa Davisin menneistä toimista kaupungissa. ”Puheiden mukaan ensimmäinen, jonka John Davis tappoi, oli hänen oma isänsä. Joka tapauksessa Davisin liipaisinsormi tuntuu olevan aina liian herkässä.”

”Vai niin”, totesi Anderson ilmeettömästi. Vaaleansiniset silmät kuitenkin paljastivat, että hän ajatteli Davisin aiheuttavan vielä ongelmia tulevaisuudessa.

”Kuten totesin: tuskin olet ainakaan edeltäjääsi heikompi.”

Luku 4

Garrett ja Anderson kävelivät yhdessä sheriffin toimistosta kadulle. Garrett silmäili hetken taivaanrantaa ja katsoi sen jälkeen sheriffin mukaan antamaa piirrosta Paul McClellanista. Ikään kuin näkemäänsä tyytyväisenä hän taitteli paperin ja sujautti sen taskuunsa.

"Kuten Chuck sanoikin: tällä keikalla minä johdan toimintaa", alleviivasi Garrett samalla Andersonin suuntaan kääntyen.

"Näinhän me sovimme."

"Käyn varmistamassa vielä yhden asian", ilmoitti Garrett osoittaen peukalolla selkänsä takana olevaa ovea. "Valmistaudu sinä sillä välin lähtöön, jos se on tarpeen."

Anderson nyökkäsi ja lähti kävelemään kohti hevostallia. Matkalla hän vilkuili ympärilleen todeten tyytyväisenä, ettei yli-innokasta Matthew Millsiä näkynyt missään.

Tallin luona Anderson antoi maksun ratsun hoidosta ja asteli pilttuun luo tervehtien eläintä kuin vanhaa ystävää.

"Huomenta sinullekin vain", sanoi Anderson hevoselle leveästi hymyillen. "Tänään onkin toiminnallinen päivä tulossa. Olemme liikkeellä todennäköisesti pimeän tuloon asti ja ehkä kauemminkin. Mutta kyllähän me pärjätään, kun aina ennenkin on pärjätty. Odota tässä, niin haen satulan ja sitten lähdetään. Tällä kertaa meillä on seuraakin."

Hevonen ei kommentoinut yksinpuhelua mitenkään. Vastausta odottamatta Anderson palasi keskuskadulle ja astui sitten sisään saluunaan. Ilmeisesti hän näytti hyvinkin lähtövalmiilta ja energiseltä, sillä baarimikko Randall Simmons totesi yhdellä vilkaisulla, ettei kannata tarjota yhtäkään viskipaukkua. Yläkerran huoneessaan Anderson tarkisti aivan ensimmäiseksi Winchester-kiväärinsä toiminnan ja panostilanteen. Saman käsittelyn sai lanteilla riippuva Smith & Wesson -revolveri. Lopuksi Anderson poimi satulan mukaansa ja siirtyi takaisin kadulle. Tallipoika oli valmiiksi taluttanut hevosen saluunan eteen, mistä hän sai lämpimät kiitokset.

Ratsua satuloidessaan Anderson jatkoi eläimelle jutustelua. Kyse oli selvästi eräänlaisesta terapiasta miehelle itselleen, ei niinkään tapa huomioida hevosta. Paitsi ehkä vähän.

"Kenelle sinä oikein puhut?" kysyi Garrett, joka oli kaikessa hiljaisuudessa ratsastanut Andersonin taakse omalla mustalla hevosellaan.

"Talismanille", vastasi Anderson, teki viimeiset säädöt ja nousi sitten ratsunsa selkään. "Meillä on pitkä yhteinen taival takana ja toivottavasti se jatkuu edelleen." Puhuessaan Anderson taputti ratsunsa kaulaa kevyesti.

"Vai niin", totesi Garrett hymyillen kevyesti. "Minulle tämä on vain hevonen."

Kaksikko suuntasi ulos kaupungista. Garrett määräsi suunnan ja Anderson oletti heidän aloittavan jäljittämisen sieltä, missä hevosvarkaudesta epäilty Paul McClellan oli viimeisen kerran nähty.

"Niin mikä se hevosesi nimi olikaan?" kysyi Anderson aikansa kuluksi.

"Johan minä vastasin: Hevonen."

"Siis hevosesi nimi on Hevonen?" jatkoi Anderson hämmästelyään.

"Juuri se", alleviivasi Garrett. "Hevonen on minulle työväline ja se riittää. Kaikkien ratsujeni nimi on ollut Hevonen."

✳✳✳

Sinä päivänä jäljittäjät liikkuivat tottuneesti erämaassa ratsuineen seuraten maamerkkien ohella myös puroja ja muita pysähdyspaikkoja. Kuten sheriffi oli ohjeistanut, Anderson antoi Garrettin määrätä tahdin.

"Miksi juuri sinä päätit ryhtyä kaupungin yhdistetyksi palkkionmetsästäjäksi ja sheriffin apulaiseksi? Vaihtoehtona olisi kuitenkin ollut myös työ kaivoksessa."

"No miksi et itse kysynyt työtä kaivoksesta?" kysyi Garrett luoden Andersoniin merkitsevän katseen. *Hyvä huomio*, tämä totesi hiljaa mielessään.

"Sukuni on lähtöisin etelästä, enkä ole koskaan ollut kovan fyysisen työn ystävä", Garrett jatkoi samalla lähimaastoa aktiivisesti tarkkaillen. "Puuvillabisnes tuotti hyvin ja kaikki oli kunnossa. Mutta sitten tuli sota, jonka jälkeen orjat oli laskettava vapaiksi. Niin isosta muutoksesta ei liiketoiminta enää toipunut. Oli siis lähdettävä jonnekin ja päätin suunnata pohjoiseen päin. Lopulta päädyin tähän kaupunkiin, mutta kaivoksessa työskentely ei käynyt mielessäkään. Onneksi huomasin pian olevani hyvä metsästämään karanneita ihmisiä. Olinhan saanut harjoitusta karanneita orjia jäljittäessäni."

"Lisäksi olet kotoa oppinut, että ihmisellä on välineellinen arvo. Heitä voidaan ostaa ja myydä. Ajattelutapa varmasti auttaa palkkionmetsästäjän työssä", Anderson päätti Garrettin kuvauksen omasta menneisyydestään.

"Vai että välineellinen arvo!" tuhahti Garrett. "Oletkin saanut hieman enemmän oppia kuin keskivertokaupunkilainen täällä. Mutta pääpiirteissään olet tietenkin oikeassa. Sitä paitsi kaupunkiin eksyy aina silloin tällöin kaltaisiasi matkalaisia ja joskus he ovat selvästi pakenemassa jotain. Autan omalla panoksellani sheriffiä pitämään paikalliset olot rauhallisina."

***

Jäljitykseen kului merkittävä osa päivän valoisasta ajasta. Myöhään iltapäivällä Garrett osoitti sormellaan eteensä. Pienen mäen takaa nousi savukiehkura ja vieressä virtasi heleästi soliseva puro.

"Ovat todennäköisesti leiriytyneet tuonne. Pidetään aseet piilossa, mutta silti käden ulottuvilla. Eikä ratsasteta aivan rinnakkain isomman alan kattamiseksi. Ja missään nimessä tuota mäkeä ei ylitetä sen korkeimmasta kohdasta."

Mitään vastaamatta Anderson siirsi takkinsa helman revolverin suojaksi. Varmuus on paras, joten hän katsoi myös, että satulalaukussa oleva kivääri oli käden ulottuvilla.

"Ja muista hymyillä", tähdensi Garrett. Sitä Anderson ei olisikaan muistanut.

Kaksikko kiersi mäen puron reunaa pitkin. Mäen harja jäi leiriä pitävän väen taakse. Lähestyessään ratsastajat ottivat useita metrejä etäisyyttä toisiinsa. Anderson ei koskaan saanut tietää, ymmärsivätkö jäljityksen kohteena olevat ihmiset Garrettin toimintatapaa.

Nuotion ääressä istui likaisiin haalareihin sonnustautunut mies, jolla oli risuparta ja silmälappu. Ratsastajien lähestyessä mies nousi seisomaan nenäänsä pyyhkäisten. Tällöin Anderson näki, että toisesta kädestä puuttui kaksi sormea. Fyysinen olemus kieli muutenkin siitä, ettei elämä ollut armelias tälle miehelle. Käsivarsissa näkyi mustia raitoja ja kasvoissa oli useitakin ruman näköisiä arpia. Haalareiden roikkuva etumus antoi syyn olettaa, että mies piti taskussaan asetta. Hänen lisäkseen nuotion ääressä istui keskenkasvuinen poika, joka nousi nopeasti seisomaan vanhemman miehen esimerkkiä seuraten. Nuotion takana kitukasvuiseen puuhun kiinnitettynä seisoi hevonen. Garrett ja Anderson näyttivät löytäneen etsimänsä.

"Hyvää iltapäivää teille!" sanoi Garrett kevyesti hattuaan nostaen. "Oletteko te kenties herra Paul McClellan?"

"Sheriffikö teidät lähetti?" mies kysyi ja vei käden haalareidensa taskuun antaen samalla katseensa kiertää Garrettissa ja Andersonissa.

"Sinä siis olet Paul McClellan?" tiukkasi Garrett merkitsevästi. "Sinut on etsintäkuulutettu hevosvarkaudesta. Meitähän ei tässä vaiheessa kiinnosta, oletko syyllinen vai et. Meidän pitää vain saada sinut oikeuden eteen."

"Ei siellä voi olla töissä!" karjaisi McClellan irvistäen. Andersonin käsi alkoi etsiytyä hitaasti ja rauhallisesti lähemmäs winchesterin tukkia.

"Työolot kaivoksessa ovat epäilemättä haastavat. Olet kuitenkin tehnyt sopimuksen ja sinun on pidettävä kiinni omasta osuudestasi. Sitä paitsi", Garrett osoitti nuotion takana puussa kiinni olevaa hevosta, "hevosvarkaudesta on ollut tapana joutua hirteen. Tiesithän sinä sen?"

"Tiesin, mutta en ajatellut jäädä kiinni", totesi McClellan kuivasti.

Muutamaan hetkeen ei tapahtunut mitään. Vieno tuuli heilutti hieman McClellanin risupartaa ikään kuin rohkaisten häntä jatkamaan valitusta kaivoksen surkeista työoloista.

"Kuulkaahan nyt", hevosvaras McClellan jatkoi kerättyään tarpeeksi rohkeutta. "Ei teidän tarvitse tehdä tätä. Voitte vain palata takaisin sheriffin luo ja sanoa, ettette löytäneet meitä. Ette näe meitä kumpaakaan enää koskaan. Ja jos minä joudun hirteen, miten pojan käy?" McClellan osoitti jäljellä olevilla sormillaan vetoavasti nuotion toisella puolella seisovaa poikaa.

"Se ei valitettavasti käy päinsä", pahoitteli Garrett. "Laitahan tavarasi kasaan ja lähdetään takaisin kaupunkiin."

McClellanin ilme synkkeni. Mitään sanomatta hän veti aseensa esiin haalarin taskusta. Garrett oli kuitenkin varautunut ja selvästi nopeampi. Laukaus sattui McClellania rintaan ja hän kaatui nuotion viereen lyhyesti urahtaen.

Tapahtumien nopeasta käänteestä kauhistunut poika ehti ottaa muutaman juoksuaskeleen. Sen jälkeen hän pysähtyi aloilleen kuin maahan naulittuna. Anderson oli ottanut kiväärinsä esille ja osoitti sillä nyt poikaa vakavailmeisenä ja mitään sanomatta.

Toinen laukaus kajahti, jolloin poika lysähti kuolleena maahan. Anderson käänsi hämmentyneenä katseensa Garrettiin ja näki hänen pistoolinsa katoavan koteloonsa. Anderson laittoi kiväärin takaisin satulalaukkuun.

"Oliko tuo tarpeellista?"

"Ehdottoman tarpeellinen varotoimi", vastasi Garrett kylmästi. "Pojista kasvaa miehiä ja ennen pitkää hän olisi saattanut tulla peräämme kostamaan."

"Olisin halunnut tietää tästä käytännöstä etukäteen." Andersonin muriseva ääni sanoi syyttävään sävyyn.

"Yhden ainoan kerran tämä ei ollut käytäntönäni ja juuri se keikka kummittelee unissani aina välillä."

Palkkionmetsästäjät laskeutuivat hevostensa selästä ja kiinnittivät ratsunsa varastetun hevosen seuraan. Ammutun kaksikon ruumiita sivummalle siirtäessään Garrett katsoi tarpeelliseksi selittää vielä uudemman kerran toimintaansa Andersonille.

"En minä tappamisesta nauti. Mutta vielä vähemmän nautin selkäni taakse katselemisesta koko ajan odottaen, josko jonkun keikan kohteen jälkikasvu tulee perääni pahat mielessä."

Järjen tasolla Anderson ymmärsi kollegansa ajatuskulun, mutta ei voinut olla tuntematta inhoa laskiessaan pojan ruumista edesmenneen Paul McClellanin viereen.

Aurinko alkoi painua mailleen, joten Garrett ja Anderson päättivät leiriytyä yöksi. Heidän oli helppo tehdä olonsa mukavaksi, sillä he käyttivät kahdelta tuoreelta vainajalta jääneitä tarvikkeita.

Luku 5

Oli pimeää, joten Garrett istahti nuotion ääreen ja kohensi tulta. Anderson puolestaan irrotti satulan Talismanilta ja laski sen valkean lähelle. Rullalle käärityn viltin hän levitti alleen ja oikaisi sitten puolimakaavaan asentoon käyttäen satulaa niskatukena. Lyhyt murahdus kuitenkin kertoi jotain unohtuneen, joten Anderson kohottautui ylemmäs ja otti piilostaan käytössä tummuneen nokkahuilun.

Ainoat äänenlähteet yöhön valmistautuvassa erämaassa olivat nuotion ajoittainen räiskähdys ja lähellä hiljakseen soliseva puro. Anderson asettui makuulle, katseli kirkkaan yötaivaan tähtiä ja alkoi hiljakseen soittaa. Garrett ei sanonut mitään, mutta jäi kiinnostuneena seuraamaan Andersonin esitystä. Surumielisen ja kaipuuta henkivän musiikin ohella kokenut palkkionmetsästäjä huomasi, että nuotion valossa Andersonin sormien alta nokkahuilun varressa näkyivät kirjaimet HEL. Mikään suuri ihmistuntija Garrett ei ollut, mutta hän katsoi silti viisaammaksi olla tekemättä lisäkysymyksiä.

Kun Anderson lopetti, jostain läheltä pimeydestä kuului yksinäisen variksen raakunta. Garrett heitti kiven äänen suuntaan, mutta ei pimeyden vuoksi osunut. Pensaan kahahdus ja sitä seuraava siipien ääni paljastivat kuitenkin variksen poistuneen.

"Milloin päätit, että keikoilla kannattaa tappaa kaikki asianosaiset?" kysyi Anderson samalla, kun laittoi nokkahuilunsa takaisin satulalaukkuun.

Garrett kohotti katseensa miettien, ettei hänen työtoverillaan selvästikään ollut samaa hienotunteisuutta pidättäytyä kysymyksistä.

"Minä vastaan, jos sinä puolestasi kerrot, miksi et juuri koskaan katso ihmisiä silmiin, vaan jonnekin rinnan ja kaulan alueelle." Sheriffin ohella myös Garrett oli pannut merkille Andersonin erikoisen tavan vältellä katsekontaktia.

"Silmillä voi harhauttaa", sanoi Anderson vilkaisten nopeasti Garrettia silmiin ja siirsi sitten katseensa kohti tähtitaivasta. "Siksi olen opettanut itseni katsomaan paikkaan, johon tuijottamalla näen toisen ihmisen kaikki liikkeet mahdollisimman nopeasti. Eikä katsekontaktilla huijaaminen silloin onnistu."

"Mielenkiintoinen toimintatapa", sanoi Garrett sileää leukaansa hieroen. "Mutta varmaankin ihan toimiva."

Nuotio räiskyi ja kipinät kohosivat kohti taivasta kuin tähtiä tavoitellen niitä koskaan saavuttamatta.

"En minä ole paha ihminen", Garrett totesi katsoen samalla jonnekin kauas taivaanrantaan. "Olen nimittäin huomannut, että ajan kuluessa keikoilla tappamani ihmiset tulevat uniini. Ja vielä useammin yövieraiksi tunkeutuvat läheiset, jotka menehtyivät kohteen kiinniotossa."

Garrett korjasi asentoaan nuotion ääressä. Tästä Anderson päätteli, että tulossa olisi tavallista mittavampi tarina.

"Ehkä noin 10 vuotta sitten sheriffi antoi minulle tehtävän. Muistan sen siksi, että toimeksianto oli selvästi tavallisuudesta poikkeava. Vaikutusvaltaiselta taholta oli kuulemma tullut käsky ja se liittyi jollakin tavalla keskeisesti kaupungin tulevaisuuteen ja turvallisuuteen. En kysellyt enempää taustoja, mutta yleensä sillä tavalla puhuttaessa kyse on kaivoksesta." Garrett piti pitkän tauon sanojaan punniten, tai sitten hän ihan vain muisteli tarkemmin reilun vuosikymmenen takaisia tapahtumia.

"Tehtävän onnistuminen oli erittäin tärkeää, joten sain kehotuksen ottaa mukaan apua. Valitettavasti vaihtoehtoja ei juuri ollut. Oletkin tavannut silloisen apurini. Otin mukaani John Davisin."

Garrett kertoi.

***

AIEMMIN

Poika istui katetuissa vankkureissa matkatavaroiden päällä. Matkanteko eteni rauhallisesti. Vankkurit keikkuivat ajoittain puolelta toiselle, ja tavarat kolisivat toisiaan vasten. Kuormaa ohjaava isä onnistui silti säilyttämään hyvän tuulensa, ehkä osittain vaimonsa soiton avustamana. Äiti käytti nokkahuiluaan taitavasti luomaan keventävää tunnelmaa.

Äkkiä isä katsoi taakseen ja komensi poikaa menemään piiloon matkatavaroiden sekaan. Tämä totteli ja äiti heitti erillisen peitteen poikansa päälle.

Ikuisuudelta tuntuvan ajan jälkeen isä pysäytti vankkurit ja heilautti sen jälkeen kättään tervehdykseksi. Heidän edessään avautuvalla reitillä oli pysähtyneenä kaksi ratsastajaa.

"Oikein miellyttävää päivää teille", tervehti tummempi ja pitempi miehistä. "Olen Ethan Garrett ja tässä on avustajani John Davis."

Garrettiksi esittäytynyt osoitti kädellään toisen miehen suuntaan, joka oli vähemmän vaikuttava ilmestys. Ajamatta jäänyt parta verhosi tämän leukaa, suupielissä oli hieman kuivunutta kuolaa, eivätkä kaikki hampaatkaan olleet tallella. Lisäksi hänen kätensä olivat apinamaisen pitkät, ja mies hipelöi jatkuvasti lonkallaan roikkuvan pistoolin kahvaa. Miehen valkea asevyö näytti ihmeellisen siistiltä ja viimeistellyltä. Vankkureita ohjastavan isän mielestä Davis tuijotti hänen vaimoaan erittäin epämiellyttävästi.

"Hyvää päivää, arvon herrat. Miten voin auttaa?" Isä katsoi, että kohteliaisuus oli paras tapa käsitellä tätä uhkaavalta vaikuttavaa tilannetta. Hän oli pannut merkille, että olemukseltaan tummempi ratsastaja piti kivääriä poikittain sylissään.

Garrett tiedusteli matkustavan pariskunnan nimeä, ja isä kertoi sen totuudenmukaisesti. Vielä vuosia myöhemminkin vankkureissa piilotteleva poika pohti, olisivatko asiat menneet toisin, jos hänen isänsä olisi valehdellut nimensä.

Sitten kajahti laukaus, joka tuntui jähmettävän veren pojan suonissa. Isä urahti vaimeasti paikallaan ja liukui sitten vankkureilta maahan kuin jauhosäkki. Äiti tuntui jähmettyneen paikoilleen. John Davis hihitti, otti pistoolin kotelostaan ja alkoi hitaasti lähestyä äitiä edelleen ratsunsa selässä pysytellen.

"Mutta nythän me pidämme oikein hauskaa tuoreen leskirouvan kanssa."

Kuului toinen laukaus. Äidin vaatteen etumus pelmahti ja ruumis valahti hervottomaksi ja putosi maahan. Vankkureissa piilottelevan pojan hengitys kävi katkonaiseksi ja hänen silmänsä täyttyivät kyynelistä. Hän ei silti päästänyt ääntäkään.

"Mitä ihmettä sinä meinaat?" Davis sätti Garrettia. "Olisin minä tuon muijan lopuksi ampunut kuitenkin."

"Ei kuulunut sopimukseemme", vastasi Garrett laskien kiväärin jälleen poikittain syliinsä.

Harmissaan Davis laittoi pistoolin takaisin valkean asevyönsä koteloon ja laskeutui hevosensa selästä. Hän keräsi äänekkäästi kurluttaen klöntin ja sylkäisi sen isän ruumiin päälle. Sen jälkeen hän tarttui äitiin ja ryhtyi repimään verisen leningin etumusta rikki.

Kajahti uusi laukaus, joka tällä kertaa nostatti maata Davisin jalkojen juuressa. Apinamainen mies kohotti katseensa ja päästi otteensa äidin ruumiista. Garrettin ilme huokui inhoa ja hän osoitti apuriaan kiväärillä otsaan.

"Ei kuulunut sopimukseemme ruumiinryöstökään. Ratsaille siitä: työmme on tehty."

"Et ole tosissasi", kivahti Davis heilauttaen kättään vankkureihin päin. "On suoranainen synti jättää tällainen määrä hyvää tavaraa preerialle maatumaan."

Garrett tiedosti, että Davisin ajattelussa oli kerrankin järkeä. Hän ei kuitenkaan halunnut näyttää sitä ulospäin. Palkkionmetsästäjä koki itsensä syntiseksi ja likaiseksi, koska pariskunta ei vaikuttanut millään tavalla uhkaavalta. Tapaus sai Garrettin tuntemaan itsensä aidosti murhaajaksi.

"Ratsaille siitä. En käske kolmatta kertaa", Garrett sanoi mutta laittoi kuitenkin kiväärinsä takaisin satulalaukkuun. Sen jälkeen hän vilkaisi vankkureihin. Myöhemmin poika olisi voinut vaikka vannoa, että heidän katseensa kohtasivat hetkeksi.

"No olkoon sitten", totesi Davis potkaisten äidin ruumiin kauemmaksi.

Garrett käänsi nopeasti hevosensa ympäri ja lähti ratsastamaan takaisin kaupungin suuntaan. Hetken kuluttua hän pysäytti ratsunsa ja varmisti, että yli-innokas Davis oli seurannut häntä. Hän seurasi perässä: selvästi vihaisen näköisenä kuin lapsi, jolta on evätty ulottuvilla ollut makeinen. Mutta seurasi kuitenkin.

Vuosia myöhemmin Garrettia alkoi kalvaa epäilys: oliko vankkureissa sittenkin ollut joku piilossa? Siinä vaiheessa kaupunki oli kuitenkin alkanut vaurastua kaivoksensa ansiosta, eikä preerialla tapahtunutta välikohtausta muistanut enää kukaan. Paitsi tietenkin Garrett itse.

***

NYT

Nyt oli Andersonin vuoro kohentaa tulta. Sen jälkeen hän kävi noutamassa entisen hevosvarkaan viltin ja alkoi etsiä itselleen sopivaa nukkumisasentoa nuotion vieressä.

"Miten usein tällaisia keikkoja tulee?" kysyi Anderson osoittaen samalla sormellaan vähän matkan päässä makaavia ruumiita.

Garrett kääntyi hitaasti osoitettuun suuntaan. Hän näytti siltä kuin olisi juuri käynyt sisällään mittavan henkisen taistelun tarinaa kertoessaan.

"Silloin tällöin", Garrett sanoi kääntäen katseensa takaisin Andersonin puoleen. "Mutta ei kuitenkaan säännöllisesti."

"Täytyykin sitten huomenna käydä kyselemässä töitä jostain muualta", totesi Anderson käytännönläheisesti.

"Ilmeinen paikka tällaisille kyselyille olisi kaupungin kaivoksen omistaja. Hän asuu keskuskadun päässä olevassa talossa."

Andersonin kulmat kohosivat. "Asuuko sellainen mahtimies kaupungissa? Eikä jossain lähellä omassa kartanossaan?"

"Ihan kaupungissa hän on päättänyt asua", vastasi Garrett. "Et voi erehtyä talosta, kun näet sen. Miehen nimi on muuten Alexander Williams, mutta syystä tai toisesta hän haluaa itseään kutsuttavan nimellä Rex."

"Ai niin kuin kuningas vai?" kysyi Anderson.

"Jotain sinne päin. Onhan hän toki mahtava mies ja tarvitsee välillä henkivartijoita erilaisiin tehtäviin." Garrett katsoi merkitsevästi Andersonia silmiin, joka ei vastannut katsekontaktiin. "Teen nyt siis samalla oletuksen, ettet ole kiinnostunut perinteisen kaivosmiehen työstä?"

"Jos vain voin sen välttää, niin en." Andersonista oli melkein mahdotonta kuvitella itseään heiluttamassa hakkua hämärässä kaivoksessa käsivarret mustiksi värjäytyneinä.

Garrett katseli jälleen hiljaa taivaanrantaan. Hän vaikutti taistelevan itsensä kanssa, mutta päätti lopulta jatkaa. "Sitkeiden huhujen mukaan sen kuvaamani vankkuritehtävän tilauksen teki aikoinaan juuri tämä Rex. Asiaa ei kuitenkaan koskaan millään tavalla tutkittu, mutta tiedäthän sinä huhut: ne jäävät elämään. Kukaan ei myöskään kysellyt asiasta sen enempää Rexiltä kuin sheriffi Harrisiltakaan."

"Koska täällä päin on totuttu, että jokainen pitää huolta omista asioistaan?" auttoi Anderson.

"Alat oppia tavoille", kuittasi Garrett hymyillen ilottomasti.

Anderson kääntyi kyljelleen kasvot kohti nuotion hehkua hiipuvasta lämmöstä nauttien. "Millaisen palkkion sinä siitä vankkurikeikasta sait? Kyse oli kuitenkin tärkeästä tehtävästä, jolla ei ollut varaa epäonnistua."

"Sain siitä riittävän palkkion", vastasi Garrett. "Vähään aikaan ei tarvinnut etsiä töitä toimeentulon vuoksi."

Anderson ei enää kommentoinut, joten keskustelu oli päättynyt. Hän kääntyi selälleen, siirsi hattunsa kasvojen suojaksi ja nukahti.

***

AIEMMIN

Kokemastaan järkyttynyt poika ei muistanut, kuinka pitkään oli ollut vankkureiden peitteiden alla liikkumatta. Raajat olivat ehtineet puutua, eikä vaimeasta itkusta näyttänyt tulevan loppua. Tuulen huminan ohella ainoa ääni tuntui olevan jostain yläpuolelta kuuluva variksen raakunta.

Lopulta poika uskaltautui kipuamaan ulos ajajan paikalle. Nähdessään vanhempiensa ruumiit maassa hän päästi kurkustaan tuskaisan rääkäisyn. Tuore orpo pudottautui maahan ja ravisteli kumpaakin vainajaa ikään kuin yrittäen herättää heitä unesta. Kun mikään ei auttanut, poika veti polvet syliinsä ja keinutti hiljaa itseään edestakaisin vankkureiden edessä maassa istuen.

Aurinko oli laskemassa, kun poika erotti takaansa kolinaa ja ääntä, joka kuulosti hevosten kavioiden askellukselta. Hetken kuluttua viereen ilmestyivät toiset vankkurit, jotka pysähtyivät äkisti.

"Mitä ihmettä täällä on tapahtunut!"

"Oli se mitä tahansa, ei se silti meitä koske. Jatketaan vain Katherine matkaa!"

"Mutta etkö sinä näe! Tuossahan istuu pieni poika aivan yksin, ja nuo kuolleet ovat varmaan hänen sukulaisiaan."

"Sitä suuremmalla syyllä meidän kannattaa vain jatkaa matkaa."

"Thaddeus Thornton! Me emme jätä lasta yksin keskelle preeriaa raatojen keskelle", sanoi tämä Katherine tuijottaen samalla miestään ruskeilla silmillä niin vaativasti kuin osasi.

Thaddeukseksi puhuteltu ajaja suki hetken harmaantuvaa partaansa yrittäen keksiä perustelua vaimonsa ylipuhumiseksi. "Mutta emmehän me osaa lapsia hoitaa, kun ei Herra sellaisia meille koskaan suonut."

"Minä hoidin aikoinaan paljonkin nuorempia siskojani kotona Heywoodin tilalla, joten älä sinä siitä huoli."

Thaddeus henkäisi syvään ja samalla ryhti painui kumaraan. "No hyvä on, mutta kaupunkiin päästyämme tästä täytyy jonnekin ilmoittaa. Ties vaikka joku tuntisi nämä henkensä heittäneet piruparat."

Vihdoinkin istuva poika osoitti enemmän elonmerkkejä ja käänsi katseensa tulijoihin päin. Samassa paikalle sattuneen pariskunnan vankkurien katoksen päälle lennähti varis, joka jäi hiljaa seuraamaan tilannetta sinisillä silmillään.

Jonkin aikaa epäröityään poika nousi toisten vankkureiden kyytiin ja matkanteko pääsi jatkumaan. Thaddeus Thorntonin mieliala kohosi sitä korkeammalle, mitä kauemmas ruumiista he pääsivät. Hän ohjeisti Katherinen ottamaan esille varmuuden vuoksi Winchester-kiväärin, jonka tukkiin Thaddeus oli kaivertanut nimikirjaimensa "T.T.".

Ennen kaupunkiin saapumista Katherine sai suostuteltua, että hänen miehensä ei tekisi ilmoitusta pojasta. Suunnitelmana oli puhua preerian tapahtumista vasta sitten, jos joku tulisi erikseen kysymään.

***

NYT

Anderson tunsi terävän potkun saappaansa pohjassa. Hän siirsi hatun silmiltään ja kohtasi jalkopäässään seisovan Garrettin katseen.

"Aamu alkaa sarastaa. Nousehan ylös niin päästään kaupunkiin ennen kuuminta hellettä." Garrettin sanoissa oli vinha perä, sillä aamussa oli vielä pientä kirpeyttä, joka pian olisi enää muisto vain.

"Sitä paitsi" jatkoi Garrett viitaten maassa makaaviin ja nyt iholtaan harmaantuneisiin vainajiin, "en halua, että nuo ruumiit alkavat haista."

Anderson nousi seisomaan ja venytteli hetken kovalla maalla nukkumisesta jäykistynyttä selkäänsä. Päivästä todellakin näytti olevan tulossa kirkas, mutta mahdollisesti myös hyvin kuuma. Aamuilmaa haistellessaan Anderson kieritti vilttinsä rullalle ja kokeili samalla kaikki taskunsa todeten tavaroiden olevan edelleen paikoillaan siellä missä pitikin. Sitten hän nosti satulan maasta ja käveli kahden muun hevosen kanssa puuhun kiinnitetyn Talismanin luo. Satulaa kiinnittäessään Anderson kertoi ratsulleen aamukuulumiset ja kiitti siinä sivussa edellisen päivän hyvästä palveluksesta.

"Tuo hevoselle puhuminen on minusta hieman aavemaista", sanoi Garrett kuunnellessaan vierestä Andersonin yksinpuhelua.

"Voi olla, mutta toisaalta se kohottaa omaa mielialaani."

"Siihen se on varmasti ihan omiaan. Sitä paitsi tuleehan samalla suoritettua äänenavaus, eikö?" Garrett taputti omaa hevostaan. Sen jälkeen hän katsoi Hevosta silmiin ja veti henkeä ikään kuin jotain sanoakseen. Suu jäi kuitenkin auki, eikä mitään tullut ulos.

"Ei se näemmä minulta onnistu", Garrett naureskeli itselleen todettuaan, ettei hän voinut suhtautua hevoseen luontevasti puhekumppanina.

Hevosvarkaan ruumis nostettiin Andersonin Talismanin selkään poikittain ja Garrettin Hevonen sai kantaa pojan ruumiin kaupunkiin. Anderson ei tätä ääneen sanonut, mutta hän ei olisikaan suostunut kuljettamaan edesmennyttä poikaa oman ratsunsa selässä. Anderson ei kyennyt karistamaan mielestään ajatusta, ettei poika ansainnut tulla ammutuksi. Varotoimi tai ei: rangaistuksen pitäisi koskea vain rikollisia itseään. Ei ketään muuta.

Matkavalmistelut oli lähes tehty. Anderson taputteli vielä hevosvarkaalta jäänyttä pilkullista ratsua ja nousi sitten Talismanin selkään. Ylimääräinen hevonen oli tietenkin vietävä mukana takaisin kaupunkiin.

"Alkuperäinen omistaja saattaa antaa meille ylimääräisen palkkion, kun tuomme ratsun takaisin hyvissä voimissa." Käytännöllisen toteamuksensa jälkeen Garrett tarttui pilkullista hevosta suitsista ja ohjasti sen oman ratsunsa viereen. Anderson seurasi perässä.

Paluumatka sujui hiljaisissa tunnelmissa. Oman äänensä tuottivat ainoastaan kavioiden äänet ja korvissa humiseva tuuli. Välillä omaa ääntään pitivät ratsastajien yläpuolella lentävät linnut. He liikkuivat miellyttävän hitaasti: Garrettilla ja Andersonilla ei ollut enää kiire mihinkään.

Aurinko oli ehtinyt kääntyä iltapäivän puolelle, kun kaksi ratsastajaa kolmen hevosensa kanssa näkivät kaupungin siintävän edessään.

Luku 6

Keskiviikko

NYT

Kaupungin pääkadun saavutettuaan hevoset pysähtyivät sheriffin toimiston eteen. Garrett nousi Hevosen satulasta ja kiinnitti samalla palautettavan ratsun lainvalvojan katoksen pystyhirteen. Anderson sen sijaan katseli iltapäivän auringossa kylpevää kaupunkia. Katu oli jälleen lähes tyhjä, mitä nyt muutamia kaivosmiesten kärryjä kolisteli edestakaisin. Andersonista tuntui häiritsevältä, ettei kukaan ohikulkija näyttänyt hämmästelevän kahta veristä ruumista, jotka palkkionmetsästäjät toivat mukanaan kaupunkiin.

Anderson laskeutui Talismanin selästä. Nostaessaan entisen hevosvarkaan olalleen oli nähtävissä, että Paul McClellanin veri oli tuhrinut hevosta. Anderson kirosi hiljaa mielessään, ettei ollut käärinyt saalistaan jonkinlaiseen pussiin paluumatkan ajaksi. Garrett noukki pojan Hevosen selästä ja avasi sitten sheriffin toimistoon johtavan oven.

Sheriffi Charles "Chuck" Harris istui jälleen pöytänsä takana, tällä kertaa lehteä lukien. Toisin sanoen postikin kulkee ajoittain tänne asti, päätteli Anderson. Sheriffi nosti katseensa, tarkkaili hetken sisään astuvia miehiä kantamuksineen ja laski sitten lehden pöydälle.

"Rauhallinen kiinniotto ei näemmä onnistunut?" sheriffi kysyi enemmänkin todeten tilanteen kuin tiedustellen tapahtumien kulusta. "Mutta kukas tuo toinen on?"

"Löysimme Paul McClellanin", vastasi Garrett samalla, kun Anderson laski hevosvarkaan lattialle. "Ja tämä poika jäi seuranneen tulitaistelun keskelle. Ikävä juttu."

Sheriffi kohotti kulmiaan ja Garrettin laskiessa poikaa hevosvarkaan viereen Harris käänsi kysyvän katseensa Andersoniin. Tämä ei vastannut mitään, mutta nyökkäsi totisena.

”Ikävä juttu todellakin. Joskus sellaista sattuu”, kuittasi lainvalvoja pojan jutun loppuun käsitellyksi. ”Onneksi ette kuitenkaan ampuneet kasvoihin.”

”Emme tietenkään, juuri tunnistuksen helpottamiseksi”, riensi Garrett tähdentämään.

Sheriffi etsi nopeasti papereidensa joukosta Paul McClellanin luonnoksen, astui pois pöytänsä takaa ja kumartui ruumiiden ääreen. Poika näytti veristä rintaa lukuun ottamatta nukkuvalta, kun taas entisen hevosvarkaan silmät tuijottivat mitään näkemättä suoraan kattoon.

”Entä hevonen?” sheriffi kysyi nostamatta katsettaan.

”Se on ulkona valmiina palautettavaksi alkuperäiselle omistajalleen.”

***

Vallitsevaan tunnelmaan nähden täysin sopimattomasti Garrett alkoi äkkiä hekotella. Anderson seurasi hänen katsettaan huomaten nyt itsekin, että toisessa sellissä nukkui lavetilla John Davis. Hänen paitansa oli keriytynyt puoliksi ylös rinnalle ja avonaisesta suusta kuului äänekäs hengitys. Sheriffi palasi pöytänsä taakse ja arvasi, miksi Garrett oli huvittunut.

”Davis ilmeisesti järkyttyi melkoisesti eilisestä. Hän oli palannut saluunaan ja onnistunut juomaan itsensä tukevaan humalaan työvuoronsa aikana. Oli tietysti ryhtynyt haastamaan riitaa jonkun kanssa ja lopuksi sammunut kesken uhoamisensa.” Harris kääntyi katsomaan säälivästi Davisia. ”Kyllä tuo meidän baarimikko Simmons vaimoineen antavat aivan liian paljon anteeksi tuolle surkimukselle.”

”Joku toinen Isabel Simmonsin apulainenko kantoi Davisin lopulta tänne selviämään?” ehdotti Garrett.

”No näinpä. Jos hän ei kohtapuoliin ala herätä, heitän sangollisen kylmää vettä päälle.”

Sheriffi otti vyöltään avainnipun, laskeutui kyykkyyn pöytänsä taakse ja hetken avaimia kilisteltyään nosti pöydälle rahalippaalta näyttävän laatikon.

"Miten hyvin tämä Anderson pärjäsi?" Harris sanoi katsoen kysyvästi edessään seisovia miehiä.

"Oikein hyvin. Mielelläni otan mukaan toisenkin kerran."

"Mukava kuulla. En tosin muuta odottanutkaan", kommentoi sheriffi vilkaisten Andersonia, joka kiitti nyökkäämällä kevyesti.

Lainvalvoja aukaisi lippaan, laski hetken äänettömästi suutaan liikuttaen ja asetti sitten rahaa kahteen erilliseen pinoon pöydälleen. Anderson mietti, että sheriffin paperit olivat tänään tavallista suuremmassa epäjärjestyksessä.

"Tässä rahanne, kuten sovittiin." Puhuessaan Harris lukitsi lippaansa huolellisesti ja laittoi sen takaisin pöydän kätköön pois näkyviltä.

"Aina mukava tehdä yhteistyötä", totesi Garrett sujauttaessaan palkkiorahoja taskuunsa. Sen jälkeen hän hymyili kuin mies, joka on selvästikin tyytyväinen tekemäänsä työhön. Garrett käänsi katseensa Andersoniin, nosti kevyesti hattuaan ja astui ulos sheriffin toimistosta.

Asettaessaan omia rahojaan takintaskuun Anderson kääntyi vielä kerran lattialla lojuvien ruumiiden puoleen ja katsoi sitten sheriffiin.

"Onko kaupungissa useinkin tällaisia keikkoja tarjolla?"

"Silloin tällöin", vastasi sheriffi. "Mutta jos jotain vakaampaa työtä etsit, kannattaa asiaa kysyä Rexiltä. Hän on siis kaivoksen omistaja Alexander Williams, joka asuu kadun toisessa päässä olevassa talossa."

"Samaa se Garrettkin suositteli." Anderson kosketti hattuaan hyvästiksi ja käveli ovesta ulos kadulle.

Ratsun selkään noustuaan Anderson suuntasi kulkunsa kohti kadun toista päätä. Näköpiirissä ei ollut kuin yksi talo, jossa voisi ajatella kaupungin mahtimiehen "Rexin" asuvan.

Talismanin taivallus ei edennyt pitkälle, kun kadun toiselta puolelta kuului jälleen haastava pojanääni. Anderson kääntyi katsomaan ja näki, kuinka kiiltäviä revolverejaan heilutteleva Matthew Mills haastoi hänet jälleen kaksintaisteluun. Anderson käänsi ratsunsa ja katseli Millsiä hetken ikään kuin mittaillen, miten sanat kannattaisi asetella.

”Tässä kaupungissa on varmasti tarjolla sinullekin jotain tuottoisaa työtä sen sijaan, että yrittäisit jatkuvasti päästä hengestäsi.”

”Luuletko, etten osaa?” Mills vastasi heilutellen pistooleitaan vinhasti.

Anderson ei enää vastannut ja ohjasi hevosensa uudelleen kohti Rexin taloa. Poika huuteli häneen peräänsä vielä jotain. Jälkeenpäin Anderson muisti kuulleensa sanat ”pelkuri” ja ”etkö usko?”

***

Hevonen ja ratsastaja saapuivat keskuskadun toiseen päähän. Heidän edessään kohosi talo, joka oli suurempi kuin se kaksikerroksinen hotelli, johon Anderson oli majoittunut. Tämäkin rakennus oli puuta, mutta muuhun kaupunkiin verrattuna se näytti linnalta. Pääovelle noustiin portaita ja katoksen alla seisoi viisissäkymmenissä oleva mies. Hänellä oli yllään varallisuudesta ja asemasta kertova asu, joka istui kantajalleen kuin valettu. Anderson oletti, että mies hankki kaikki vaatteensa mittatilaustyönä räätäliltä, mahdollisesti jostain muualta kuin tämän kaupungin räätäliltä. Päässään miehellä oli musta knallihattu, ja vieno tuuli heilutti reunan alta näkyviä harmaita hiuskiehkuroita. Mietteisiinsä vajonneena tämä hyvin pukeutunut mies poltteli paksua sikaria taivaanrantaan katsellen. Sitten hän otti liivinsä taskusta kultaketjussa roikkuvan kultaisen taskunauriin. Katoksen toisessa päässä seisoi pitkään mustaan takkiin pukeutunut mies, jolla oli käsissään näkyvillä samanlainen Winchester-kivääri kuin Andersonilla.

”Päivää”, sanoi Anderson, ”Alexander ’Rex’ Williams, oletan?”

Mies laski suustaan ison sikarisavun, laittoi taskunauriin takaisin liiviensä taskuun ja katsoi Andersonia merkitsevästi silmät kapeina viiruina.

"Näin on. Ja kukahan sinä mahdat olla?" Rex sanoi ja nosti samalla leukaansa hieman pystyyn.

"James Anderson. Sekä sheriffi Harris että Ethan Garrett suosittelivat kysymään teiltä työtä."

Rex mittaili Andersonia katseellaan uudemman kerran, nyt entistäkin tarkemmin. Kaikesta päätellen Rex oli tottunut tekemään ihmisistä päätelmiä koskien heidän taloudellista käyttöarvoaan.

"Mennään peremmälle neuvottelemaan." Rex viittoi Andersonia luokseen ja kääntyi sitten katoksen alla seisovan kiväärimiehen puoleen. "Jää sinä tähän."

Anderson laskeutui Talismanin selästä, taputti sitä kaulalle ja sanoi: "Jää sinä tähän." Sitten hän nousi portaat, hymyili kiväärimiehelle ja astui taloon Rexin perässä.

***

Rex asteli pitkin lyhyttä käytävää, jonka kummallakin puolella oli ripustettuna useita muotokuvamaalauksia. Hän avasi oven ja astui työhuoneeseensa. Ilmassa leijui vieno itämaisen suitsukkeen tuoksu. Kahdesta suuresta ikkunasta pääsi runsaasti valoa ja sisustusta hallitsi kookas jalopuinen pöytä. Istujan oikean käden puolella olivat kynä ja mustepullo, jotka olivat viimeisen päälle kiiltäväksi puunattua hopeaa. Vasemmalla puolella oli pino papereita, mutta toisin kuin sheriffillä, nämä paperit olivat erittäin hyvässä järjestyksessä. Pöydän takana olevalla seinällä oli kirjahylly, jossa oli runsaasti nahkakantisia teoksia. Myös tämän huoneen seinillä riippui muotokuvamaalauksia. Yhdennäköisyydestä Anderson päätteli, että kyse oli Rexin sukulaisista. Työhuoneen seinäpaperi ei näyttänyt amerikkalaiselta, joten se oli ilmeisesti tuotu Euroopasta juuri Rexiä varten. Mahtimiehen vaikutelman viimeisteli taidokkaasti kuvioitu lattiamatto.

"Olen kuullut, että omistatte tämän kaupungin lähellä olevan kaivoksen?" Anderson avasi keskustelun.

"Kivihiilikaivoksen, kyllä", vastasi pöytänsä takana olevaan tuoliin istahtanut Rex. "Ja omistan myös sen saluunan ja hotellin, jossa oletettavasti tällä hetkellä asut."

"Pystyn monenlaiseen työhön ja esimerkiksi jonkinlainen turvallisuusalan tehtävä onnistuu minulta varmasti." Anderson jätti näin kommentoimatta Rexin omistuksia ja siirtyi suoraan asiaan.

"Vai että oikein turvallisuusalan tehtävä? Jotain sellaista minä vähän ajattelinkin päätellen siitä, että sekä sheriffi Chuck että Garrett suosittelivat puheilleni tulemista."

"Ja kuinkas sattuikaan" jatkoi Rex imaistuaan ensin nautinnolliset savut sikaristaan, "huomenna minun täytyy kuljettaa kaivoksen tuottoja isomman kaupungin pankkiin talteen. Täälläpäin asuessa ei kannata säilyttää suuria määriä rahaa. Tai ei ainakaan pitkiä aikoja ilman tehokasta valvontaa. Matkaan menee koko päivä. Jos aikaisin aamulla lähdetään, pääsemme takaisin vasta pimeän laskeutumisen jälkeen. Kaksi vartijaa minulla jo on, mutta yksi lisää ei olisi pahitteeksi."

Rex vilkaisi ikkunasta kadulle ja käänsi sitten katseensa uudelleen Andersoniin. "Olin näkevinäni, että toitte tänään sheriffille… sanotaanko vaikka 'lähetyksen'?"

"Kyllä. Otimme kiinni hevosvarkaan, joka ei valitettavasti suostunut antautumaan hyvällä."

"Oletan siis, ettette epäröi käyttää voimaa ja pystytte reagoimaan nopeissa tilanteissa. Siitä minä pidän."

Rex laski sikarinsa vahvasti mustuneen posliinisen tuhkakupin reunalle ja asetti nenälleen pöydällä lojuneet silmälasit. Sitten hän luki hetken paperia edessään.

"Tulkaa ennen aamunkoittoa taloni eteen. Muistakaa, että teidän täytyy olla siisti ja ennen kaikkea vahvasti aseistautunut. Aseiden täytyy olla selvästi näkyvissä. Me emme ole lähdössä sotaan, mutta tarkoituksena on antaa mahdollisille rettelöitsijöille viesti, ettei kannata keksiä ylimääräisiä temppuja."

"Asia selvä", vastasi Anderson, mutta ei kuitenkaan tehnyt elettäkään lähteäkseen.

"Oliko vielä jotain?" kysyi Rex katsellen uutta työvoimaansa nenälleen asetettujen silmälasien yli.

"Itse asiassa oli", Anderson sanoi vienosti hymyillen. Hän haistoi Rexissä aimo annoksen itserakkautta, joten päätti käyttää tilaisuuden hyödykseen. "Olen itsekin kiinnostunut vaurastumismahdollisuuksista, herra Williams. Rohkenen siis kysyä, miten saitte ilmeisen tuottoisan kaivoksen haltuunne?"

Andersonin vainu oli osunut oikeaan. Rexin kasvoille levisi itsetyytyväinen hymy. Hän oli selvästi mielissään saadessaan tilaisuuden kertoa omasta menestymisestään.

"Minulla on aina ollut sekä päättäväisyyttä että onnea", Rex aloitti. "Kaivoksesta järjestettiin tarjouskilpailu ja olin päättänyt saada omistuksen itselleni. Jäin kuitenkin niukasti toiseksi. Voittaja oli joku vahvasti vieraalla korostuksella puhuva mies. Jäin siis toiseksi, mutta harvemmin olen elämässäni kakkossijaan tyytynyt."

"Ja mitä sitten?" kysyi Anderson, kun Rex ei heti jatkanutkaan.

"Minun kannaltani tilanne ratkesi lopulta onnellisesti" jatkoi Rex lyhyen mietintähetken jälkeen. "Matkalla tähän kaupunkiin voittaja vaimoineen joutui ikävän hyökkäyksen kohteeksi ja molemmat menettivät välikohtauksessa henkensä. Kukaan lähisukulainen ei ilmoittautunut kaivosomistuksen perijäksi. Näin ollen oli luonnollista, että lunastin kivihiilikaivoksen itselleni mahdollisimman nopeasti. Tästä on nyt kymmenisen vuotta aikaa."

"Ja kuten ehkä huomaatkin", Rex heilautti kättään ikkunasta näkyvän kaupungin suuntaan, "bisnes pyörii hyvin."

"Maailma on kova paikka", kuittasi Anderson. "Ja jos itse pääsee kiinni menestykseen, olisi sille aina muitakin ottajia."

"Näin on", vastasi Rex hymyillen suupielet korvissa saakka.

Anderson kiitti ja jätti kaupungin mahtimiehen käymään läpi papereitaan. Lyhyen käytävän toiseen päähän päästyään hän astui ulos.

Luku 7

Anderson käveli hevosensa luo ja kertasi kaiken, mitä odotti seuraavana päivänä tapahtuvaksi. Vastausta ei kuitenkaan kuulunut. Anderson talutti ratsua suitsista ja saattoi hevosen talliin sille osoitettuun pilttuuseen. Muutamalla totutulla liikkeellä hän riisui satulan ja suitset ja kantoi ne mukanaan saluunaan.

Baarimikko Randall Simmons kuivasi juomalaseja valkeaan liinaan ja muisti aina tarkistaa lasien puhtauden ikkunasta paistavaa aurinkoa vasten.

”Toivon, ettei minua tänään enää häiritä”, sanoi Anderson kävellessään kohti toiseen kerrokseen johtavia portaita.

”Sopiihan se”, vastasi Simmons nostaen pöydälle pullon viskiä. ”Saako olla lämmittävä paukku ennen kuin menette huoneeseenne?”

”Ei nyt. Minun pitää ajatella selvällä päällä.”

Huoneeseen päästyään Anderson sulki oven takanaan ja laski satulan kantamuksineen lattialle. Hän avasi parvekkeen oven, mutta riisui sitä ennen pitkän ruskean takkinsa huoneen ainoalle tuolille.

Anderson suoristautui ja käveli avoimesta ovesta pienelle parvekkeelleen. Hän katseli kauas taivaanrantaan iltapäivän ilmaa syvään hengittäen. Valoisaa aikaa oli vielä jäljellä, joskaan ei enää kovinkaan pitkään. Alta kuului muutamia harvoja elämän ääniä ja joskus ohi astelevan hevosen kavioiden kopse pölyisellä keskuskadulla.

Anderson palasi takaisin huoneeseensa ja muisti sulkea parvekkeen oven. Hän otti lanteilta käsiinsä Smith & Wesson -revolverin ja laski sen pöydälle. Valkean kahvan köynnöksien ympäröimät persoonalliset nimikirjaimet ”K.H.” muistuttivat siitä, että kyseinen ase oli aikoinaan maksanut kourallisen dollareita. Sen jälkeen hän riisui joskus mustaa väriä ilmentäneen asevyönsä ja laski sen satulan viereen. Seuraavaksi oli aika ottaa Winchester-kivääri satulalaukusta ja laskea se pöydälle revolverin viereen. Kivääri itsessään oli hyvin huomiota herättämättömän näköinen pistooliin verrattuna. Silti pitkästäkin aseesta oli saatu edes hieman erityinen kaivertamalla tukkiin kirjaimet "T.T.".

Anderson siirsi ainoalla tuolilla lojuvan takkinsa sängyn päälle ja otti samalla taskusta valokuvan. Kuluneessa otoksessa näkyi parhaimmissaan poseeraava pariskunta ja heidän keskellään suoraan kameraan hymyilevästi katsova poika. Anderson asetti vanhan valokuvan pöydälle yhdessä pistoolin ja kiväärin kanssa.

Hän aloitti aseiden puhdistamisen, joka muistutti enemmänkin rituaalia kuin huoltotoimenpidettä. Jokainen sormien liike tapahtui täsmälleen samalla tavalla kuin satoja kertoja aiemminkin. Hän työskenteli äänettä, ja vaikka ulkoa olisi kuulunut jotain, Anderson ei olisi sitä huomannut. Vanhaa valokuvaa silmiensä alla pitäen Anderson varmisti aseiden toiminnan. Tiukassa paikassa henkivakuutus riippui lonkalla kotelossa, joten välineiden oli oltava aina toimintakunnossa. Huollon lopuksi Anderson hiveli sormillaan kiväärin nimikirjaimia ja huokaisi syvään.

***

Omassa kuplassa vietetyn ajan jälkeen muu maailma alkoi tehdä tuloaan Andersonin tajuntaan. Alhaalta saluunasta kuului ajoittaista naurua ja lasien kilkettä. Muusta hiljaisuudesta päätellen äänet tuotti yksi innostunut vieras, joka oli ehkä kunnostautunut korttipelissä. Anderson otti satulalaukustaan nokkahuilun ja astui parvekkeelle.

Tällä kertaa Anderson kääntyi laskevan auringon suuntaan eli sinne, mistä hän oli muutamaa päivää aikaisemmin saapunut kaupunkiin. Pian improvisoidut, surumieliset sävelet nousivat hiljakseen kohti taivasta. Anderson soitti ennen kaikkea itselleen, mutta läsnä oli toinenkin kuulija. Pian soiton alettua parvekkeelle laskeutui musta varis. Soittaja kääntyi katsomaan lintua, jonka silmät olivat yhtä vaaleansiniset kuin hänelläkin. Variksella tuntui olevan käytöstapoja, sillä raakkumisen sijaan se tyytyi vain kuuntelemaan kärsivällisesti. Lintu ymmärsi nopeasti, että Andersonin soitto heijasteli musisoijan senhetkistä mielentilaa. Tällä kertaa se oli odottava, mutta päättyi silti leimallisen surumielisiin tunnelmiin.

Soittamisen lopetettuaan Anderson henkäisi syvään selvästi rentoutuneena ja palasi takaisin huoneeseensa. Laitettuaan nokkahuilun satulalaukkuun hän laittoi pistoolin takaisin koteloonsa. Kivääri pääsi myös sille kuuluvaan paikkaan satulakoteloon. Viimeiseksi Anderson poimi pöydältä kuluneen valokuvan, katseli sitä hetken ja talletti sen sitten takkinsa taskuun.

Hän nukkui yönsä unia näkemättä.

Luku 8

Torstai

NYT

Oli vielä pimeää, kun Anderson seuraavana aamuna tervehti hevostaan. Talisman sai lähtövalmistelujen aikana kuulla vielä kertaalleen, mitä tulevana päivänä olisi odotettavissa. Ratsu ei taaskaan kommentoinut omia alkavan päivän tunnelmiaan.

Hevosen selkään noustessaan Anderson huomasi, että Rexin talon eteen oli ajettu kärry vetojuhtineen. Rahakuljetuksen saattaja ja rahojen omistajan tuore henkivartija tarkisti, että lonkalta vedettävä revolveri oli nopeasti saatavilla ja asetti Winchester-kiväärin kainaloonsa nostaen aseen piipun kohti taivasta kaikkien näkyville. Edellisenä päivänä annetun ohjeen mukaan henkivartijan oli tarkoitus näyttää uhkaavalta.

Lähemmäksi Rexin taloa ratsastaessaan Anderson huomasi, että hänen seuranaan tulisi olemaan kaksi mustiin lierihattuihin ja pitkiin takkeihin sonnustautunutta miestä. Kaksikko nosti parhaillaan raskaalta vaikuttavaa kirstua kärryille ja talon edessä näkyi vielä toiset kaksi samanlaista matka-arkkua.

Samaan aikaan Rex saapui sisältä ja jäi katselemaan näkyä. Kaupungin mahtimies laittoi knallihatun päähänsä ja sytytti päivän ensimmäisen sikarin. Rex oli nytkin pukeutunut siistiin mittatilauspukuun, joskin se näytti hieman matkustusvalmiimmalta kokonaisuudelta edellisen päivän asuun verrattuna. Oli kuitenkin selvää, että asu oli tarkasti mietitty.

”Huomenta”, sanoi Anderson ratsunsa selästä koskettaen samalla kahdella sormella hattuaan. ”Mikä noista kolmesta laatikosta on varsinainen kuljetettava rahakirstu?”

”No johan nyt”, vastasi Rex silminnähden huvittuneena. ”Eihän sellainen tieto vartijoille kuulu. Teidän työnne on vahtia kaikkia matkatavaroita.”

Hänen taakseen jäänyt ulko-ovi aukesi ja kuistille astui yöpaitaan pukeutunut pieni tyttö. Hänellä oli pitkät kiharat hiukset ja sylissään hän puristi vaaleanruskeaa pehmonallea.

"Minä ja Teddy odotamme sinua täällä."

"Hieno juttu", vastasi Rex, kääntyi ympäri ja halasi tyttöä. "Aamulla kun aloittaa aikaisin, saa paljon aikaan. Sitä paitsi me palaamme kyllä illalla, joskin silloin on pimeää."

"Tulehan tänne, meillä jäivät aamutoimet kesken." Oviaukossa seisoi kädet lanteilla Isabel Simmons, joka näytti pukeutuneen samaan harmahtavaan leninkiin kuin ensimmäisenä iltana hotellin keittiössä. Esiliinaa ei kuitenkaan tällä kertaa ollut, mutta oikean käden otteessa riippui valkea pyyhe. Isabelin ja Andersonin katseet kohtasivat, ja pienellä nyökkäyksellä he osoittivat tuntevansa toisensa.

Varmistettuaan tytön palanneen takaisin taloon Rex asteli loput portaat alas kadulle ja nousi kärryihin ohjaajan paikalle. Hänen sikarinsa hehkuva pää heilui pimeydessä, kun hän viittoi Andersonia ratsastamaan kärryjen vasemmalla puolella. Loput kaksi vartijaa ratsastivat kärryjen takana ja oikealla puolella. Rex ei hievahtanutkaan, ennen kuin hänen kolme saattajaansa olivat käsketyillä paikoilla.

"Kerroitko kenellekään, mihin olet menossa?" Rex kysyi Andersonin puoleen kääntyen.

"En."

"Hyvä niin", kiitteli Rex. "Tällaista matkaa ei tarvitsekaan mainostaa."

Kärryt lähtivät raskaassa kuormassaan liikkeelle ja seurue suuntasi kohti alkavaa auringonnousua. Rex heilautti vielä kättään talonsa suuntaan leveästi hymyillen. Mitään hän ei nähnyt, mutta arvasi silti, että tyttö katseli ikkunasta heidän lähtöään.

***

Aurinko valaisi preeriaa selvästi, mutta hehkuvan tulipallon alareuna kosketti vielä taivaanrantaa. Päivästä tulisi pitkä, joten Anderson halusi viihdyttää itseään.

"Minkä vuoksi tarvitsitte tällaiselle matkalle näin monta saattajaa?"

"En ehkä olisikaan tarvinnut", vastasi Rex. "Mutta varmuus on aina paras. Ja muistaahan Anderson vielä tarinan entisestä kivihiilikaivoksen omistajasta, joka joutui matkallaan valitettavan hyökkäyksen kohteeksi?"

"Te ette halua historian toistavan itseään tänään?"

"Aivan oikein, poikaseni." Puhuessaan Rex osoitti merkitsevästi sormellaan Andersonia. "Te kolme varmistatte läsnäolollanne sen, ettei kukaan saa ylimääräisiä ideoita kulkiessamme tunnettua reittiä pitkin. Ja kuten huomaat itsekin, suurin osa matkasta kuljetaan autioissa maisemissa."

Aika kului hitaasti. Jopa Rex alkoi pitkästyä kärryjen tasaiseen kulkuun preerialla.

"Onhan meillä tässä aikaa. Voisin kertoakin."

"Kertokaa toki, herra Williams." Anderson ennakoi, että pieni mielistely oli paikallaan Rexin kielenkantojen motivoimiseksi.

"Minä en suinkaan syntynyt köyhänä ja kipeänä", aloitti Rex. "Jo isäni iskosti minuun syvälle sen ajatuksen, että rikastuminen kannattaa aina. Ja siitä lähtien olen aina halunnut tulla menestyneemmäksi ja varakkaammaksi kuin hän. Huomasin varsin pian, että rahalla saa valtaa ja vallalla melkein mitä tahansa. Siksi päätin sijoittaa kivihiilikaivokseen ja nykyisin omistan käytännössä koko kaupungin."

"Lähtövalmisteluista päätellen olette liiketoimien ohella panostanut myös perheeseen?" Anderson kysyi muistellen kuistilla seisonutta, nallea puristavaa tyttöä.

"Niin Betty vai?" Rexin huomio oli enemmänkin toteamus kuin kysymys. "Hän jäi ainoaksi lapsekseni. Vaimoni menehtyi muutama vuosi sitten influenssaan. Suruprosessi on vieläkin käynnissä, mutta elämän on jatkuttava. Betty ei juurikaan muista äitiään, mikä on sääli. Hän oli hieno nainen."

"Sitä en lainkaan epäile", sanoi Anderson. "Otan osaa suruunne."

"Kiitos. Älkäämme puhuko tästä aiheesta enempää."

"Pomo määrää", kuittasi Anderson asian loppuun käsitellyksi.

Loppumatka sujui pääosin hiljaisissa tunnelmissa. Tämä sopikin hyvin, sillä Anderson oli saanut ison osan uteliaisuudestaan tyydytetyksi. Päivän paahde ei antanut armoa, ellei sellaiseksi laskettu pilveä, joka hetkittäin peitti auringon taakseen.

Lopulta kaupunki siinsi seurueen näköpiirissä. Se ei ollut juuri suurempi kuin se, mistä Rexin seurue oli matkansa aloittanut. Kaduilla liikkui kuitenkin enemmän ihmisiä. Miehet nostivat hattuaan ja naiset niiasivat. Rex kohotti kätensä tervehdykseen, nyökkäsi tai nosti knallihattuaan. Oli selvää, että hän oli mahtimies myös oman kaupunkinsa ulkopuolella.

Rex pysäytti kärryt talon eteen, jonka pääoven yläpuolella luki *Wells Fargo*. Rakennus oli poikkeava siksi, että se vaikutti olevan koko kaupungin ainoa kivinen rakennus. Muuten pitäjä oli rakennettu puusta. Pankki muistutti enemmänkin pientä toimistoa kuin vakavasti otettavaa rahalaitosta.

Rex ohjeisti Andersonia jäämään vahtiin ja käski kahta muuta vartijaansa auttamaan kirstut sisään pankkiin. Hyvillään helposta työtehtävästä Anderson laskeutui hevosensa selästä. Hän käveli rauhallisesti kärryjen ympärillä pitäen kivääriään selvästi näkyvillä ja piti kaupungin asukkaita silmällä. Rex katosi hetkeksi pankin sisäpuolelle mutta palasi pian ja käski tuomaan kirstut pikaisesti sisälle. Anderson nousi kärryihin seisomaan, koska sieltä hän pystyi luomaan kätevästi katseen koko kaupunkiin.

***

Kadun toiselta puolelta kärryjä lähestyi kolmen pienen pojan joukkio. Silmät suurina ja suut auki he katselivat Andersonia. Ilmeisesti täälläkin elämä oli tavallisesti varsin yllätyksetöntä. Tai ainakaan Anderson ei pitänyt itseään poikien uteliaisuuden arvoisena. Kaksi koltiaista ryhtyi taputtelemaan Rexin hevosia ja yksi heistä jäi tuijottamaan Andersonin kivääriä.

”Mistä te tulitte?”

”Kuka sinä olet?”

”Kuinka monta miestä olet tappanut tuolla pyssyllä?”

Kolme kysymystä esitettiin nopeasti. Seuraava kysymys alkoi ennen kuin edellinen oli saatu loppuun. Anderson hymyili leveästi ja kehotti poikia siirtymään hieman kauemmaksi.

"Entä jos ei mennä?" tiedusteli toinen hevosta taputtanut poika.

"Ei kannata kokeilla. Ja nyt: *kauemmaksi siitä*", Anderson sanoi matalasti ja koetti tavoittaa mahdollisimman jäätävää äänensävyä. Kaikki kolme poikaa hiljenivät ja mitään sanomatta juoksivat kadun toiselle puolelle. Sinne he kuitenkin jäivät edelleen katselemaan.

Rex tuli ulos pankista suu messingillä, tarkisti ajan taskunauriistaan ja sytytti uuden sikarin tyytyväisen näköisenä. Hän seisoi paikoillaan ja katseli ohikulkevia ihmisiä. Vartijakaksikko kantoi keventyneet kirstut takaisin kärryihin. Anderson otti sen jälkeen oman paikkansa Talismanin selässä ja Rex siirtyi kärryihin ohjastajan paikalle.

"Oliko ongelmia?" tiedusteli Rex.

"Ei niin minkäänlaisia", vastasi Anderson totuudenmukaisesti.

Rex varmisti ensin, että kaksi muuta vartijaa olivat nousseet ratsujensa selkään ja ohjasti sitten kärryt paluumatkalle.

Matkanteko sujui nyt nopeammin, sillä kärryjä vetävien hevosten kuorma oli keventynyt. Aamupäivän uteluistaan rohkaistunut Anderson päätti jatkaa samalla linjalla.

"Kaupungin kaivoksen tarjouskilpailun alkuperäinen voittaja kuoli hyökkäyksessä keskellä preeriaa. Eikö teiltä kysytty tästä mitään, herra Williams? Tehän olitte kuolemantapauksen ilmeinen hyötyjä."

Rexin ilme synkkeni ja hän käänsi katseensa Andersoniin. "Pitäkää varanne niiden vihjailujenne kanssa."

"Vilpittömät pahoitteluni", vastasi Anderson. Hän ei kuitenkaan näyttänyt olevan millään tavalla pahoillaan. "Mutta niinhän tapausta tutkiva lainvalvoja olisi saattanut ajatella. Tarjouskilpailun voittajan kuolema sattui teidän kannaltanne parhaaseen mahdolliseen aikaan. Eikä tekijöitä ilmeisesti koskaan saatu kiinni."

"Kaupunki oli silloin vasta muutaman talon kokoinen, mutta silloinen sheriffi ymmärsi kyllä oman etunsa", vastasi Rex kääntyen katselemaan jonnekin kauas eteensä.

Toisin sanoen kaikille oli alusta asti selvää, että Rex on asemansa ansiosta paikallisen lain ulottumattomissa. Anderson ei kuitenkaan paljastanut ajatuksiaan ääneen.

"Sitä paitsi", jatkoi Rex. "Millainen mies lähtee perheensä kanssa länteen täysin ilman suojaa ja saattajia? Näillä main typerykset eivät elä vanhoiksi."

"Ehkä he olivat tottuneet kaupunkilaiselämään itärannikolla?"

"Aivan varmasti", Rex vastasi. "Mutta bisnes on bisnestä. Ei tullut mieleenikään jättää edelliseltä omistajalta jäänyttä kaivosta lunastamatta. Minä halusin sen alusta alkaen."

"Aivan, aivan ja olettehan kuitenkin kaikesta huolimatta suoraselkäinen liikemies", mielisteli Anderson kokien tarvetta lepytellä Rexiä.

"Jos ajatusleikkinä oletetaan, että kaivoksen edellisen omistajan murha oli tilaustyö, miten helposti tällaiselle keikalle olisi löytynyt tekijöitä?"

Rex kääntyi katsomaan Andersonia tiukasti silmiin, mutta tämä ei vastannut katseeseen.

"Kaikella – ja kaikilla – on hintansa, herra Anderson. *Aivan kaikilla.*" Rex painotti viimeisiä sanoja niin, että Anderson tulkitsi keskustelun päättyneen. Hän tyytyi nyökkäämään kevyesti ja pysytteli omissa ajatuksissaan loppumatkan.

***

Aurinko oli ehtinyt painua mailleen hyvän aikaa sitten, kun Rexin kärryt saattajineen lopulta saapuivat takaisin kaupunkiin. Rex koetti pysäyttää seurueen mahdollisimman hiljaa talonsa eteen toivoen, ettei nukkumassa oleva Betty heräisi. Toive oli turha, sillä pääovi aukesi ja tyttö laskeutui portaita alas nallensa kanssa.

Myös Isabel Simmons seisoi oviaukossa kädet ristissä rinnalla. Rex selvitti kurkkuaan vihjeeksi siitä, että seuraavana päivänä olisi syytä keskustella sovittujen sääntöjen noudattamisesta. Mikäli Isabel ymmärsi vihjeen, hän ei paljastanut sitä millään tavalla.

Isäänsä halattuaan Betty halusi auttaa tavaroiden kantamisessa.

Rex mietti hetken, otti sitten knallihatun päästään ja ojensi sen Bettylle.

"Vie tämä sisälle. Me hoidamme kyllä loput." Tehtävän saanut Betty haukotteli näkyvästi, otti isänsä hatun ja lähti nousemaan portaita.

Rex kääntyi saattajiensa puoleen ja ohjeisti mustiin pukeutuneita miehiä kantamaan kirstut takaisin sisään. Sitten hän viittoi Andersonin luokseen. Tämä laskeutui hevosensa selästä irvistäen, sillä hänen jalkansa olivat puutuneet pitkästä ratsastuksesta. Rex ojensi taskustaan palkan suoraan käteen, pyyhkäisi laelta harvaa päälakeaan ja kiitti palveluksesta.

Anderson palasi hevosensa luo ja alkoi taluttaa sitä kohti tallia. Muutaman askeleen päässä hän pysähtyi, kääntyi katsomaan taakseen ja kysyi: "Herra Williams, joko nyt suostutte kertomaan, missä niistä kolmesta kirstusta oli oikeasti sitä pankkiin vietävää rahaa?"

Kuistille saakka päässyt Rex kääntyi. "Kaikissa, herra Anderson. Kaikissa."

Anderson talutti Talismanin tutuksi tulleeseen pilttuuseen ja antoi useamman päivän maksun tallipojalle ennakkona. Sitten hän otti satulan ja suitset mukaansa ja astui saluunaan. Paikalla oli tavallista enemmän asiakkaita, joten ilmeisesti kaivosmiehillä oli ollut palkkapäivä. Baarimikko Simmons nosti katseen edessään olevista juomalaseista. Hän huomioi nopeasti Andersonin väsyneen ilmeen ja tyytyi olemaan hiljaa.

Huoneeseensa päästyään Anderson valmistautui yöpuulle ja asetti pistoolin sängyn viereen. Varmuus on aina paras, hän ajatteli. Sitten Anderson kävi nukkumaan, eikä unta tarvinnutkaan kauaa odotella.

***

AIEMMIN

Tasangon kuiva tuuli kuljetti pölyä ja kuolleita lehtiä ilmassa, kun nuori James Anderson keskittyi edessään olevaan aitaan. Hän asetteli siistiin riviin kolme säilyketölkkiä, jotka oli saanut ottaa kotoa luvan kanssa. Poika tuijotti purkkien rivistöä pistävän sinisillä silmillään. Todettuaan asetelman riittävän hyväksi Anderson laittoi mieluisimman valkoisen stetsoninsa päähän estämään auringon häikäisyä. Aitaa vasten nojanneen Winchester-kiväärin hän otti kainaloonsa ja alkoi laskea askelia kävellessään poispäin.

Tarpeeksi kauas käveltyään Anderson kääntyi ja huomasi aidalla säilyketölkkien vieressä istuvan variksen.

"Lennä kauemmaksi, etten vahingossa ammu sinua. Et ole tänään maalina."

Lintu ei ollut kuulevinaan, mutta tuijotti silti Andersonia vaaleansinisillä silmillään.

"No ole sitten siinä. Katsotaan kuinka käy."

Anderson latasi kiväärin, jonka tukkiin oli kaiverrettu "T.T." muistutukseksi siitä, ettei ase kuulunut hänelle. Oli kestänyt useita vuosia, ennen kuin poika oppi kutsumaan Thaddeusta isäksi ja Katherinea äidiksi, eikä se vieläkään aina onnistunut. Anderson oli toki kiitollinen Thorntoneille, mutta ei koskaan pystynyt mieltämään heitä vanhemmikseen.

Anderson painoi Winchesterin perän kainaloon ja näki säilyketölkit selvästi piippulinjaa pitkin. Ensimmäinen laukaus hipaisi purkkia juuri sen verran, että se putosi aidalta maahan. Kimmokkeen ääni vinkui kauas avoimessa maastossa. Toinen laukaus osui keskelle kohdettaan ja lennätti tölkin komeasti ilmaan. Kolmas laukaus meni selvästi ohi.

"Älä viitsi. Ihan hyvä suoritus tältä etäisyydeltä", tiuskaisi harmistunut Anderson varikselle, joka raakkui ohi ammutun laukauksen jälkeen. Poika teki nopean latausliikkeen ja painoi liipaisinta lähes välittömästi sen jälkeen. Tällä kertaa luoti osui ja äänekäs kolina lennätti purkin pois aidalta.

Anderson laski kiväärin piipun alas ja hymyili itseensä tyytyväisenä. Thaddeus Thornton oli antanut luvan harjoitella ampumista niin paljon kuin Anderson halusi. Samalla oli aina painotettu sitä, että miehen oli oltava valmis puolustamaan itseään ja läheisiään.

”James! Riittää jo se harjoittelu! Tuo kivääri tänne ja mene ruokkimaan hevoset!”

”Ihan kohta!”

Anderson kääntyi ympäri ja lähti kävelemään talleja kohti. Muutaman metrin kuljettuaan hän kääntyi katsomaan taakseen, mutta sinisilmäinen varis oli hävinnyt.

Luku 9

Perjantai

NYT

Seuraavana aamuna Anderson laskeutui jälleen narisevia portaita alas saluunan puolelle.

”Sheriffi kävi jokin aika sitten. Hän pyysi sinua tulemaan luokseen heti herättyäsi ja ottamaan hevosen ja aseet mukaan”, ilmoitti aina paikalla oleva tunnollinen Simmons tiskinsä takaa.

”Luuleeko sheriffi voivansa tuosta vain jakaa minulle käskyjä?” kivahti vielä selvästi aamuäreä Anderson.

”En usko, mutta asia tuntui olevan tärkeä”, kommentoi Simmons tyynesti. ”Sitä paitsi, jos sheriffi tulee sinua erikseen täältä kysymään, se merkitsee yleensä rahakasta keikkaa.”

”Se pitää varmaan paikkansa”, sanoi Anderson. Hänen mielialansa nousi välittömästi.

Anderson talutti hevosensa tallista ja pohti, mitä asiaa sheriffillä mahtoi olla. Talisman katsoi omistajaansa ymmärtäväisesti ja hirnahti kerran.

”Hei! Joko olisi aika ottaa miehestä mittaa?”

Anderson lopetti keskustelun Talismanin kanssa, henkäisi syvään ja kurtisti samalla kulmiaan. Hän tunnisti Matthew Millsin äänestä. Poika heilutteli jälleen käsissään kiiltäviä revolvereita, joilla ei varmaan vieläkään ollut ammuttu ainoatakaan laukausta.

”Oletko aidosti päättänyt päästä hengestäsi, poika?”

”En se minä ole hengestäni pääsemässä!”

Keskusteluun tylsistyneenä Anderson nousi hevosensa selkään ja suuntasi ratsunsa kohti sheriffin toimistoa.

”Kuinka uskallat kääntää minulle selkäsi?” Anderson kuuli takaansa kuuluvan huudon.

”Sinä olet niin suuri soturi, ettei kunniasi anna myöten ampua vastustajaa selkään”, totesi Anderson taakseen katsomatta. Nuori

Mills muuttui kasvoiltaan harmista punaiseksi kuin retiisi. Anderson oli tölväissyt poikaa arkaan paikkaan.

Anderson pysäytti hevosensa sheriffin toimiston eteen. Laskeutuessaan Talismanin selästä hän kuiskasi sille: *Vanha kuoma, sait hieman verrytellä ennen päivän toimia.* Oven avautuessa kello kilisi ja kertoi sisällä olijoille, että heillä oli seuraa.

Sheriffi Charles "Chuck" Harris oli tavoilleen uskollisena jälleen pöytänsä takana, mutta tällä kertaa seisten. Anderson toivotti hänelle hyvät huomenet.

"Ilmeisesti Simmons välitti viestini", päätteli Harris. "Meillä on tänään tehtävä. Toivottavasti aseenkäyttöä ei tarvita, mutta ottaisin sinut mukaan varmuuden vuoksi."

"Kyllä se sopii", vastasi Anderson. "Mistä mahtaa olla kyse?"

"Tässä lähellä asuu eräs kaivoksemme työntekijä, joka on viime aikoina jättänyt velkojaan maksamatta", pohjusti sheriffi.

"Vai niin. Kenelle hän sitten on ollut velkaa?"

"Rexille tietysti. Kaikkihan tässä kaupungissa ovat hänelle velkaa. Jos siis ovat velkaa ottaneet." Harris katsoi tarpeelliseksi lisätä viimeisen lauseen, joskin ehkä enemmän itseään kuin Andersonia varten.

"Selvä juttu. En kuitenkaan aivan ymmärrä, miksi sheriffin täytyy henkilökohtaisesti ryhtyä perimään rästissä olevia maksuja Rexin velallisilta?"

"Ei varsinaisesti pidäkään. Tämä mies on kuitenkin tavallista suulaampi ja hänellä on ollut tapana saada puhuttua muita työntekijöitä puolelleen. Siitä voi seurata laajamittaisempia ongelmia. Ja *sellaisen* estäminen kuuluu kyllä sheriffille." Viimeistä lausetta sanoessaan Harris osoitti sormellaan Andersonia.

"Se on varmasti totta", myönsi Anderson. "Ja minullehan maksetaan normaali korvaus tästä?"

"Totta kai", vastasi Harris ja laittoi samalla jonkin paperin liiviensä taskuun sheriffin tähden taakse. "Lähdetään matkaan."

***

Jo kaukaa Anderson näki, että he olivat lähestymässä itsepäisen miehen taloa. Päärakennuksen lisäksi tontilla ei ollut muuta kuin pieni aitaus, jonka sisäpuolella oli muutama laiha sika ja toisella puolella alkeellinen kasvimaa. Maa oli runsaan kävelemisen ja sateiden vuoksi muuttunut mutaiseksi. Keskellä pihaa oli kaivo, ja veden nostamiseen tarkoitettu astia oli rikki. Talo oli säänpiiskaama ja kaipasi kipeästi kunnostusta. Mutta se pysyi silti pystyssä, joten ainakin se oli vankasti rakennettu. Anderson ei sanonut ääneen mitään näistä havainnoistaan, mutta päätteli, että asukkaalla ei ollut riittävästi aikaa pitääkseen pientä tilaansa hyvässä kunnossa.

"Ota kivääri esille", ohjeisti sheriffi. "Ja tänään kukaan ei kuole, onko selvä?"

"Selvähän se", vastasi Anderson. Hän ymmärsi, että sheriffi viittasi Garrettin edelliseen toimeksiantoon, joka oli päättynyt kahden ruumiin toimittamiseen.

Anderson otti satulakotelosta winchesterin ja asetti tukin kainaloonsa. Hän toivoi, että näkyville asetettu, ampumavalmis kivääri saisi tilanteen ratkeamaan rauhallisesti. Sitten he ratsastivat verkkaisesti talon pihaan, joka vaikutti autiolta.

Ovi aukeni naristen ja ulos astui mies, jolla oli Andersonin lailla pistävät silmät. Muuta yhteistä heillä ei sitten ollutkaan. Mies oli käärinyt hihansa kyynärpäiden yläpuolelle ja hänen käsivartensa olivat laikukkaan mustat. Lanteilla oli asevyö ja kotelosta näkyi pistoolin kahva. Vasemmassa kädessään hänellä oli hakku. Työväline näytti paitsi tehokkaalta, myös uhkaavalta tässä tilanteessa. Mies katsoi vuoron perään niin sheriffiä kuin Andersoniakin eikä välittänyt peittää katseestaan huokuvaa uhmaa ja halveksuntaa.

"Jesse Holden, terve taas", puhutteli sheriffi Harris edessään olevaa miestä.

"Pitihän se arvata, että juuri sinut laitetaan asialle. Sinulla on kokemusta omiesi pettämisestä." Holdenin sanat tulivat ulos melkein huutona sylki suusta roiskuen. Hän heilautti hakkua sanojensa tahdissa.

"Tiedäthän sinä, että velanmaksu on hoidettava. Yhteisömme

ei muuten toimi. Ja pyydän saada huomauttaa, että puhuttelet minua sheriffiksi."

"Rexin verikoira sinä olet. Et mikään muu", tuhahti Holden ja laski samalla kätensä pistoolin perälle.

Sanaakaan sanomatta Anderson laski kiväärinsä piipun osoittamaan kohti Holdenin vatsaa. Kaivosmies pysähtyi, tuijotti Andersonia ja päästi hitaasti otteensa pistoolistaan. Kuului vain preerialla humiseva tuuli ja aitauksessa olevien sikojen iloinen röhkintä. *Ainakin joku täällä on tyytyväinen oloihinsa*, ajatteli Anderson.

"Sinäkin siinä", sanoi Holden nostaen mustuneen sormensa kohti Andersonia. "Sietäisi katsoa tarkemmin, kenelle teet työtä."

"Tällä hetkellä teen työtä sheriffi Charles Harrisille", totesi Anderson ilmeettömästi. "Jota kaupunkilaiset kutsuvat tuttavallisemmin nimellä Chuck."

"Jesse, kuomaseni", sanoi sheriffi palauttaen keskustelun takaisin käsillä olevaan asiaan. "Suosittelen sinulle lämpimästi, että jatkat velkasi hoitamista kunniallisesti. Se on aina pienimmän riesan tie."

"Ehkä jatkankin. Ehkä", vastasi Holden heilauttaen taas hakkuaan uhmakkaasti. Anderson pani merkille, ettei kiihtynyt kaivosmies silti ottanut askeltakaan lähemmäksi.

"Jos maksuja ei ala kuulua, palaan takaisin isommalla joukolla. *Ja niin en haluaisi tehdä*", sanoi sheriffi vakuuttavalla äänensävyllä.

"Sanoin jo, että katsotaan!" karjaisi Jesse Holden ja heilutti hakkuaan entistäkin suuremmassa kaaressa. "Painukaa helvettiin mailtani!"

Anderson käänsi katseensa sheriffiin pitäen kiväärinsä edelleen tähdättynä kaivosmiehen suuntaan. Harris käänsi hevosensa ja viittoi sen jälkeen Andersonia mukaansa. Tämä laittoi aseensa takaisin satulalaukkuun ja lähti seuraamaan sheriffiä.

"Väkivallan uhalla sinä olet aina ennenkin hallinnut!", huusi Holden heidän peräänsä. "Ja Rex rahojensa avulla!"

Kuulomatkan ulkopuolelle päästyään Anderson ratsasti sheriffin rinnalle.

"Luuletko, että Holden pitää sanansa?"

"Niin ainakin toivon", vastasi Harris surumielisenä.

”Joka tapauksessa kaikki meni hyvin, eikö?” sanoi Anderson koettaen piristää tunnelmaa. ”Ainuttakaan laukausta ei tarvinnut ampua ja keskusteluyhteys kyettiin säilyttämään.”

”Näin on, eikä kuollut kaivosmies voi maksaa velkojaan”, huomautti Harris.

”Se Holden nimitti sinua omiesi pettäjäksi. Haluatko kertoa, mitä se tarkoitti?”

Harris pysäytti ratsunsa ja katsoi Andersonia. ”Varmaan arvaatkin, etten ole aina ollut sheriffi. Sitä paitsi sen tarinan kertomisessa menee tovi aikaa.”

”Onko meillä johonkin kiire?” Anderson kysyi ja kannusti samalla Talismanin taas liikkeelle.

Sheriffi alkoi kertoa.

***

AIEMMIN

Joukko vihaisen näköisiä miehiä seisoi kaivoksen sisäänkäynnin edessä. Kiskot johtivat samaan suuntaan ja niiden molemmin puolin oli vaunuja sikin sokin. Osa oli puolillaan kivihiiltä, muutama vaunu oli kaatunut kyljelleen ja levittänyt kuormansa pölyvälle hiekalle. Kaivoksen eteen kerääntyneiden miesten kasvot ja kädet olivat mustaksi täplittyneet ja melkein jokaisella oli aseena joko lapio, hakku tai rautakanki. He olivat kerääntyneet pyramidimaiseksi muodostelmaksi, jonka kärjessä seisoi isokokoinen kaivosmies George Mills. Hän ojensi hakkuaan kohti taivasta.

Kaivosmiesten edessä seisoi Alexander ”Rex” Williams. Sikari paloi suupielessä ja päässä oli kaivosmiehille tutuksi tullut knallihattu. Hän oli nostanut leukansa pystyyn ja vetänyt suunsa tiukaksi viivaksi. Viimeistellyllä ja huolitellulla olemuksellaan Rex halusi viestiä rauhallisuudesta ja tilanteen hallinnasta. Kyse oli kuitenkin vain naamiosta, sillä poskia pitkin valuvat suuret hikipisarat puhuivat omaa kieltään. Peukaloitaan Rex piti vyön alle asetettuna estääkseen käsiensä vapinaa näkymästä. Kaivoksen omistajan molemmilla puolilla seisoi neljä miestä, jotka olivat mustuneet työssä yhtä paljon kuin vihaisen näköiset kollegansa. Heillä oli käsissään tuliase. Kolmella oli revolveri, yksi piteli otteessaan ampumavalmista kivääriä. Pitkällä aseella varustautunut oli selvästi muita pienikokoisempi ja hänen joka suuntaan harottava partansa oli kipeästi hoitamisen tarpeessa.

”Nyt on miehen mitta täynnä!” huusi kaivosmiesten pyramidin kärjessä seisova George Mills. Rex olisi hyvin kuullut tavallista puheääntä, mutta kaivosmies osoitti sanansa enemmän selkänsä takana oleville tukijoilleen. Joukosta kohosi mylvivä huuto hyväksynnän merkiksi. Samalla ilmaan kohosi lapioiden, kankien ja hakkujen meri.

”Vaadimme lisää palkkaa ja inhimillisempiä työoloja! Ja jos meno ei muutu”, Mills jatkoi osoittaen hakulla nyt Rexiä, ”päitä alkaa putoilla! Sinulta ensimmäiseksi!”

”Kukaan ei pakottanut teitä ottamaan työtä vastaan”, vastasi Rex yrittäen parhaansa mukaan estää ääntään vapisemasta. ”Ja kun olette täyttäneet sopimuksenne, olette vapaat lähtemään vaikka keskelle erämaata onneanne etsimään. Mutta sovitusta pidetään kiinni, siitä ei enää neuvotella.”

”Parasta olisi ryhtyä neuvottelemaan!” karjui Mills ja osoitti nyt vuorostaan hakulla Rexin molemmin puolin seisovia aseistettuja kaivosmiehiä. ”Ja tekin, työtoverini! Kuinka julkeatte asettua puolustamaan tuollaista riistäjää omianne vastaan?” Hänen takaansa kuului pitkän aikaa hyväksyvää murinaa.

”Asioista voidaan neuvotella ja sovittua ehkä muuttaa, mutta väkivaltaisella kapinalla uhkailu ei ole oikea tapa!” Hieman yllättäen pienikokoinen parrakas mies, joka piteli käsissään kivääriä, vastasi kaivosmiesten haasteeseen. Joukkonsa kärjessä seisova isokokoinen George Mills ei vastannut. Hän sylkäisi eteensä halveksuvasti, kääntyi sitten puolittain miestensä puoleen ja ryhtyi huudattamaan joukkoa muutamalla iskulauseella. Tilanne kehittyi entistä uhkaavammaksi.

Rex nyökkäsi ympärillään oleville miehille, jotka nostivat aseensa omia työtovereitaan kohti. Kaksi halukkaasti, mutta toiset kaksi selvästi epäröiden. Oman joukkonsa äänekkäästä tuesta innostunut Mills kääntyi uudelleen Rexin suuntaan ja osoitti tätä hakulla pahaenteisesti. Sitten kuului laukaus.

Hymy hyytyi Millsin kasvoilla ja hän lysähti kokoon hakkunsa pudottaen. Punainen läiskä rinnassa alkoi nopeasti laajentua. Suu avautui vielä kerran uhmakkaaseen huutoon, mutta sanoma jäi kertomatta. Kaivoksen edusta oli äkkiä hiirenhiljainen. Kiväärillä aseistautunut parrakas kaivosmies teki nopean latausliikkeen, joka kaikui kuin tykinlaukaus.

"Oliko vielä muita?" kysyi parrakas kaivosmies ja antoi kiväärinsä piipun kiertää hiljentyneessä joukossa, jolta oli äkkiä riistetty johtaja. Ilmeet olivat vihaiset ja nurina selvästi kuuluvaa, mutta hiljalleen joukko alkoi hajaantua töihinsä. Kaivosmiehet tiesivät, että joukkonsa voimalla he voisivat helposti tappaa Rexin asemiehineen. Mutta kukaan ei halunnut olla se, joka ammutaan seuraavaksi. Rexin rinnalla olleet neljä kaivosmiestä osoittivat kollegoitaan aseilla vielä pitkän aikaa varmistuakseen siitä, että työnseisaus oli todellakin päättynyt. Kapinoitsijoiden johtajana toimineen George Millsin ruumis jäi lojumaan aurinkoon koko loppupäiväksi. Jälkeen päin kukaan ei enää muistanut, oliko kyseessä vahinko, vai halusiko Rex kenties viestittää työntekijöilleen: näin käy pettureille.

Muutama päivä myöhemmin kiväärillä oman kollegansa ampunut pienikokoinen mies nähtiin kaupungin keskuskadulla sheriffin tähti rinnassaan. Hänen edeltäjänsä lähti samalla ovenavauksella etsimään onneaan jostain muualta.

Rex oli löytänyt mieleisensä miehen valvomaan lakia ja järjestystä.

***

NYT

Anderson ja sheriffi ratsastivat rinnakkain takaisin kaupunkiin. Lainvalvoja oli tarkoituksella hidastanut hevosensa kulkua: hän ei halunnut puhua kaivosmiesten kapinasta kuuloetäisyyden päässä kaupungin asukkaista. Harris pysäytti ratsun toimistonsa eteen, laskeutui alas ja käänsi katseensa Andersoniin.

"Haluaisin kutsua teidät tänään illalliselle luokseni. Vaimo ja väkeni tekevät aina sen verran ylimääräistä, että teillekin riittäisi."

"Mielihyvin, sheriffi", vastasi Anderson. "Ihmettelen vain, miksi tällainen huomionosoitus."

"Olette jo vajaassa viikossa osoittaneet, että teissä on ainesta. Haluan tutustua paremmin ja mahdollisesti suostutella teitä jäämään kaupunkimme maisemiin pidemmäksi aikaa."

"Mutta ettehän te tiedä minusta juuri mitään?" jatkoi Anderson. Epäluuloisuus oli häneen sisäänrakennettu ominaisuus.

"En niin, mutta haluaisin tietää", vastasi Harris. "Sitä paitsi tämä maa on täynnä uusia alkuja. En ole varma, onko kaupungissa ketään sellaista, jolla *ei* olisi jotain salaamisen arvoista menneisyydessään. Tällaiseen pitäjään tullaan yleensä silloin, kun halutaan paeta jotain. Emmekä me yleensä kysele turhia matkalaisten aikeista."

Sheriffi katosi sisätiloihin. Anderson korjasi asentoaan satulassa ja taputti sen jälkeen hevostaan sanattomana kiitoksena hyvin suoritetusta matkasta. Hän ei sanonut mitään, eivätkä kasvotkaan paljastaneet aatoksia. Menneen viikon kuluessa Anderson oli saanut lukuisia vastauksia esittämiinsä kysymyksiin ja palaset alkoivat loksahdella paikoilleen.

Sheriffi tuli ulos toimistosta ja nousi ratsunsa selkään. Hän ojensi illallisvieraalleen seteleitä palkkioksi päivän keikasta ja suuntasi sitten jälleen ulos kaupungista. Anderson seurasi hänen jälkiään.

Lyhyen ratsastuksen jälkeen Harris ohjasi hevosensa leveälle tielle, joka johti hänen kotinsa eteen. Talismanin askeltaessa Anderson antoi katseensa kiertää maisemassa ja painoi havainnot muistiinsa.

Sheriffin talolle johti leveä, luotisuora tie. Molemmilla puolilla kasvoi säännöllisin välimatkoin puita, jotka muodostivat katoksen ratsastajien ylle. Jo kaukaa edessä erottui kaksikerroksinen kivitalo. Rexin talo kaupungissa oli tehnyt vaikutuksen Andersoniin, mutta sheriffin asumus oli toista luokkaa. Talon molemmilla puolilla näkyi puutarhaa ja kasvimaata. Sen vuoksi pihapiiri vaikutti enemmänkin kartanolta kuin talolta. Etupihalla oli pyöreä, hyvin hoidettu suihkulähde. Kaikki oli puhdasta ja viimeisen päälle huoliteltua. Tästä Anderson päätteli, että sheriffin tilaa hoiti useampi erikseen palkattu palvelija ja puutarhuri. Värikkäät kukkapenkit ja kasvimaat olivat kuin viivoittimella aseteltu ja niiden välissä juoksenteli kaksi arviolta 10-vuotiasta poikaa toisiaan jahdaten. Värit olivat melkoinen kontrasti verrattuna kaupungin ja sitä ympäröivän preerian ruskeaan ja keltaiseen, jota täplittivät vain ajoittain vihreät kasvit.

Sheriffi ja Anderson laskeutuivat ratsujensa selästä talon edessä. Samaan aikaan ovi avautui ja kynnyksellä seisoi näyttävän näköiseen leninkiin pukeutunut nainen. Väreinä vuorottelivat keltainen ja valkoinen, joita korostivat kultaiset ja hopeiset korut. Ruskeat hiukset oli nostettu ylös nutturalle. Emännän suurikokoista nenää reunustivat tummat silmät.

"Iltaa rakkaani", puhutteli Harris naista hyväntuulisesti. "Olemme saaneet vieraita. Osaatko sanoa, koska ruoka olisi valmista?"

"Vielä jonkin aikaa täytyy odottaa."

"Sehän sopii. Tulkaa Anderson, esittelen teille ajan kuluksi istutuksiani."

Anderson nosti hattuaan tervehdyksesi rouva Harrisille ja seurasi sitten sheriffin perässä.

***

Anderson asteli kivettyä kujaa pitkin ja hänen saappaidensa kannat kopisivat joka askeleella. Samanlaisten kapeiden kujien verkosto risteili pitkin poikin takapihaa, joka oli jaettu erillisiin osioihin sen mukaan, mitä kullekin kulmalle oli istutettu. Harris ei puhunut mitään, mutta hiveli tyytyväisenä kasveja ohi mennessään. Puutarhassa leijui voimakas kukkien tuoksu ja pölyttävien hyönteisten pörinä. Anderson päätti käyttää sheriffin hyvää mielialaa hyödykseen.

"Keskustelin eilen työnantajanne Rexin kanssa kaupungin

menneisyydestä", aloitti Anderson. "Sain kuulla, ettei Rex ollut kivihiilikaivoksen alkuperäinen omistaja."

"Näin hän on minullekin kertonut."

"Edelleen Rex kertoi, että tiukaksi menneen tarjouskilvan voitti itse asiassa joku toinen liikemies. Harmillisesti hän joutui matkalla hyökkäyksen kohteeksi menettäen henkensä. Tämän jälkeen Rex lunasti kaivoksen itselleen."

"Rex kertoi teille näemmä paljonkin asioitaan. Ehkä teillä on luottamusta herättävät kasvot?" ehdotti sheriffi.

"Pikemminkin hän oli tylsistynyt pitkän matkan aikana", vastasi Anderson käytännönläheisesti. "Mutta miksi Rexin mahdollista osuutta kaivoksen edellisen omistajan kuolemaan ei koskaan tutkittu?"

"Kaikki kuvailemanne tapahtui ennen minun aikaani, joten en osaa kertoa kuin toisen käden tietoja", sheriffi vastasi. "Mutta ymmärtääkseni mitään todisteita Rexin osallisuudesta ei koskaan esitetty. Sitä paitsi kyse oli alun alkaenkin vain huhuista ja kaikille oli tärkeää saada mahdollisimman nopeasti kaivostoiminta jälleen tuottoisaksi."

"Eli siis kaupungin yleinen etu oli tärkeintä ja tietenkin myös 'kenen leipää syöt, sen lauluja laulat', niinkö?" vihjaili Anderson.

"Kuulkaahan nyt", kivahti sheriffi selvästi ärsyyntyen. "Elämä on täällä kovaa. Lopulta kaupungin etu on kaikkien sen asukkaiden etu."

"Rexin kuvauksesta päätellen ajattelette työstänne samoin kuten edeltäjänne."

"Siitä en tiedä paljoakaan", vastasi sheriffi. "Joka tapauksessa näillä seuduilla kannattaa pitää huoli vain omista asioistaan ja ajaa tarmokkaasti omaa etuaan. Minun tapauksessani se tarkoittaa kaupungin etua."

"Joka on yhtä kuin Rexin etu?"

"Aivan oikein", vastasi Harris. "Ja teette hyvin, kun muistatte tämän, herra Anderson."

Kellertävään esiliinaan ja muuten varsin arkiseen asuun pukeutunut, ehkä viisissäkymmenissä oleva nainen tuli ilmoittamaan sheriffille pää alas painettuna, että ruoka oli valmiina pöydässä. Sheriffi vastasi saapuvansa pian vieraineen.

"Sallinette, että teen teille vastakysymyksen?" sanoi sheriffi hetken kuluttua.

"Toki. Johan minä utelin teiltä melkoisesti."

"Minkä vuoksi te katsotte hyvin harvoin ihmisiä silmiin? Olen pannut merkille, että keskustellessa suuntaatte katseenne kaulan seudulle. Onko teillä jokin syy välttää katsekontaktia?"

"On", vastasi Anderson lyhyesti. "Silmät ovat sielun peili, mutta silmillä voi myös harhauttaa. Siksi katson ihmistä paikkaan, josta pystyn edelleen näkemään kaikki liikkeet ilman mahdollisuutta tulla harhautetuksi silmien avulla."

"Mielenkiintoista", kommentoi Harris. "En ole ajatellut asiaa tuosta näkökulmasta."

Lyhyen sananvaihdon aikana kaksikko oli saapunut takaovelle ja Anderson astui sheriffin perässä sisään taloon.

Anderson riisui hattunsa ja takkinsa ojentaen ne miespalvelijalle, joka kevyesti kumartaen vei ne mennessään pääoven viereiseen suureen naulakkoon. Kuudelle hengelle tarkoitettuun pöytään oli katettu ateria, jollaista monet paikalliset eivät nähneet edes jouluna. Sileä, puhtaanvalkoinen pöytäliina ja astiasto oli aseteltu yhtä suoraksi kuin ulkona olevat kukkapenkitkin. Posliinilautasiin oli kirjailtu eri värisiä köynnöksiä, ja ruokailuvälineet olivat huolella kiillotettua hopeaa. Puista tuolia taaksepäin vetäessään Anderson huomasi, että siihen oli kaiverrettu taidokkaita kuvioita selkänojasta jalkoihin asti. Kaksi monihaaraista kynttelikköä loi tunnelmaa illalliselle.

Sheriffi istui pöydän päähän ja Anderson hänen oikealle puolelleen. Isännän vasemmalle puolelle istahti rouva Harris. Andersonin aiemmin ulkona pihamaalla näkemät pojat istuivat vastakkain: toinen äitinsä ja toinen illallisvieraan viereen. Pöydän toinen pääty jäi tyhjäksi. Ehkä se olisi varattu Andersonin vaimolle, jos hänellä olisi ollut sellainen.

Ruokailu sujui pääosin hiljaisissa merkeissä. Hienostunut ympäristö ei tuottanut Andersonille vaikeuksia, sillä tilanne toi hänelle mieleen lapsuudenkodin aina rouva Harrisin parfyymia myöten. Anderson ei edes muistanut elämästään kuin yhden paikan, jota hän oli kerran kutsunut kodikseen. Siitä oli hyvin kauan.

"Mistä sukunne saapui aikoinaan tänne Amerikkaan, herra Anderson?" tiedusteli rouva Harris.

"Minä olen syntyperäinen amerikkalainen, mutta vanhempani saapuivat nuorina pohjoisesta Euroopasta onneaan etsimään." Vastatessaan Anderson pani merkille, ettei rouva Harris kysynyt sitä, mistä tulokas oli lähtenyt liikkeelle ennen kaupunkiin saapumistaan vajaata viikkoa aikaisemmin.

"Sepä mielenkiintoista", kuittasi rouva Harris. "Minä ja Charles olemme kumpikin irlantilaista sukua."

"Niinpä niin", kommentoi Anderson. "Meillä kaikilla on oma historiamme."

***

Ruokailun jälkeen Anderson kiitti ateriasta lämpimästi, nousi ja sanoi palaavansa takaisin kaupunkiin. Isännän roolin sisäistänyt sheriffi pyyhki suunsa lautasliinaan ja lähti saattamaan vierasta ovelle. Aiemmin tavattu miespalvelija toi Andersonille ja sheriffille heidän takkinsa ja hattunsa. Pukeutuessaan Anderson kuuli, kuinka rouva Harris ryhtyi toisessa huoneessa äänekkäästi paimentamaan poikia illan jäljellä oleviin toimiin. Samalla sheriffi sytytti eteisessä lyhdyn ja astui sitten vieraansa edellä pääovesta pihamaalle.

Oli jo pimeää ja ilma alkoi hiljalleen viiletä päivän kuumuuden jälkeen. Anderson pystyi haistamaan takapihalta kantautuvan kukkien tuoksun. Kuunvalo heijastui suihkulähteen pinnasta ja pohjalla Anderson erotti muutamia yksittäisiä kolikoita. Hänen oli helppo päätellä, mitä rahan heittäneet olivat toivoneet: samaa menestystä ja onnea, mitä Harrisilla oli. Anderson asteli rauhallisin askelin Talismanin luo. Hiljaisuuden rikkoi ainoastaan saappaiden alla narskuva hiekka.

"Kuten aiemmin sanoin, teissä on ainesta", totesi Harris, kun

Anderson nousi hevosensa selkään. Kuu valaisi maisemaa, ja Harris piteli käsissään lyhtyä. Myös talon ikkunoista pilkotti himmeä tuike.

"Annan tärkeän neuvon" jatkoi sheriffi osoittaen sormellaan Andersonia. "Täällä kannattaa pysyä hyvissä väleissä oikeiden ihmisten kanssa. Se on varmin tie menestykseen ja rauhalliseen elämään."

"Sen uskon kyllä, Chuck", sanoi Anderson luoden merkitsevän silmäyksen sheriffin taloon ja puutarhaan. Sen jälkeen hän nyökkäsi hyvästiksi. "Muistakaa kiittää rouvaa vielä kerran puolestani."

Anderson ohjasi Talismanin takaisin kohti kaupunkia. Astellessaan luotisuoraa puilla katettua tietä hän jutusteli hevoselleen, millaisen illallisen oli saanut sheriffin luona. Talisman ei vastannut, mutta hirnahti muutaman kerran. Kuunvalo ja oksien varjot muodostivat kuvioita tiehen. Anderson katseli, miten hevosen jalkoihin muodostui varjoja, jotka muistuttivat kaltereita.

Kaupunki oli hiljentynyt, kun Anderson lopulta pysäytti Talismanin tallin eteen. Hän laskeutui ratsunsa selästä ja ryhtyi irrottamaan satulaa paikoiltaan kiirettä pitämättä. Sitten hän toivotti hevoselle ja tallipojalle hyvät yöt, käveli himmeästi valaistun saluunan läpi ja nousi narisevia puuportaita pitkin toiseen kerrokseen. Useamman päivän uutta asiakastaan seurannut baarimikko Simmons hymyili heilauttaen samalla kättään tervehdykseksi, mutta pysytteli muuten hiljaa.

Ylhäällä huoneessaan Anderson riisuutui ja oikaisi sängylle nukkumaan.

Tavallisesti lähiympäristönsä tapahtumista niin hyvin perillä oleva Anderson ei huomannut, että huoneen katossa olevalla orrella hänen iltatoimiaan seurasi musta varis, jolla oli vaaleansiniset silmät.

***

Vankkureiden yläpuolella lensi yksinäinen musta varis, joka jäi katselemaan teloitetun pariskunnan ruumiita. Aikansa tarkkailtuaan se laskeutui ohjaajan paikalle ja pudottautui maassa makaavan isän ruumiin päälle. Lintu siirtyi ruumiin otsalle ja katsoi taivaalle tuijottaviin kuolleisiin silmiin. Äkkiä varis jäykistyi liikkumattomaksi kuin lumottuna. Sen mustat silmät muuttuivat ensin harmaiksi ja sitten vaaleansinisiksi.

Varis räpytteli sinisiä silmiään ja katseli ympärilleen kuin olisi juuri herännyt unesta. Sitten se lehahti vankkureiden ohjaajan paikalle ja katseli puoliksi peitteen alla piilottelevaa poikaa. Varis raakkui kuuluvasti ja nousi sen jälkeen lentoon. Se kierteli vankkureiden yläpuolella pitkän aikaa.

***

NYT

Anderson havahtui hereille sängyssään. Oli edelleen pimeää. Hän hieroi silmiään ja pyyhki hikeä otsaltaan. Sitten hän nousi ylös ja etsi takkinsa taskusta kuluneen valokuvan. Sen etsimiseen ei tarvittu juurikaan valoa. Anderson katseli kuvaa pitkään hämärässä huoneessa, käänsi sen ympäri ja tunnusteli sormenpäillään kuvan taakse kirjoitettuja sanoja. Hän tunsi vanhan kirjoituksen kohoumana kuvan pinnassa ja tunsi olevansa kuin sokea, joka palauttaa muistoja mieleensä kuvan sileäksi hioutunutta pintaa tunnustelemalla.

Luku 10

Lauantai

NYT

Anderson seisoi saluunan edessä taivaalle katsellen. Hiljakseen ohi kiitävät pilvet tuntuivat tietävän tarkalleen, mihin olivat menossa. Sama päättäväisyys näytti koskevan myös niitä harvoja kaupungin asukkaita, jotka kiiruhtivat asioilleen hänen ohitseen. Muutama heistä jopa tervehti. Anderson lähti verkkaisesti kävelemään kohti Rexin taloa.

Kaivospohatta esittäytyi sinäkin aamuna kaupungilleen kuin hallitsija alamaisilleen. Hänellä oli päällään täydellisesti istuva puku, jota Anderson ei ollut Rexin yllä aiemmin nähnyt. Päässä hänellä oli tuttu knallihattu, ja välillä hän imaisi paksua sikariaan. Yllättävää kyllä, hän näytti olevan yksin.

”Huomenta, herra Williams”, aloitti Anderson. ”Tiedustelisin mahdollisuutta uusille työkomennuksille.”

”Huomenia vain”, vastasi Rex katsomatta Andersonin suuntaan. Ehkä kaupungin mahtimies vain silmäili jonnekin kaukaisuuteen tai ehkä pystyyn nostettu leuka kieli hänen asenteestaan keskustelukumppania kohtaan. ”Juuri tällä hetkellä ei ole tarvetta. Ellette sitten halua muiden lailla mennä kaivoksille ansaitsemaan. Ihan oikeaa työtä sekin on.”

”Ettekö lainkaan pelkää, että joku kateellinen ja riittävän kunnianhimoinen kilpailijanne palkkaa asemiehet ottamaan teidät pois päiviltä lunastaakseen sijoituksenne itselleen? Juuri niinhän te huhujen mukaan teitte kaivoksenne edelliselle omistajalle. Jatkuva vartiointi voisi olla kaltaisellenne miehelle hyödyllinen lisäturva.”

Rex räpytteli silmiään muutaman kerran. Hänen ilmeensä synkkeni kuin myrskyn edellä ja vihdoinkin hän suvaitsi kääntää katseensa Andersoniin.

"Pitäkääpä kielenne kurissa, herra Anderson. Tässä kaupungissa minä olen viimeinen, jonka silmille kannattaa hyppiä."

"Epäilemättä niin", vastasi Anderson ja nosti hattuaan Rexille sovittelun eleenä. "Epäilemättä niin."

Anderson käänsi selkänsä Rexille ja asteli keskuskadun toisessa päässä olevan sheriffin toimiston eteen. Ajatuksiinsa vaipuneena hän ei kuitenkaan astunut heti sisään, vaan tarkkaili näkemäänsä. Sisäänkäynnin vasemmalla puolella oleva seinä oli tyhjä etsintäkuulutusilmoituksista. Tuulessa hiljakseen repsottavat papeririekaleet oli siivottu pois. Harris ylläpiti siis ainakin jossain määrin mielikuvaa siisteydestään ja ammattimaisuudestaan, pohti Anderson avatessaan ulko-ovea.

Kellon kilahdus sai sheriffin nostamaan katseensa. Hän istui pöytänsä takana lukien sanomalehteä, joka päivämäärästä päätellen oli kaksi viikkoa vanha. *Näillä main uutiset ovat uusia vielä kahden viikon päästäkin,* Anderson mietti. Lisäksi sisätiloja oli viimeinkin tuuletettu, eikä ilma ollut enää seisova ja tunkkainen.

"Huomenta, Chuck. Olisiko erityistaidoilleni jotain tarvetta?"

Sheriffi laski lehden eteensä pöydälle, suki hetken partaansa ja vilkaisi sitten vasemmalla puolellaan olevaa epämääräistä paperipinoa.

"Minun kannaltani kaikki vaikuttaa juuri nyt rauhalliselta", Harris vastasi. "Etsintäkuulutettuja ei ole tullut tietooni, eikä myöskään maksamattomia velkoja perittäväksi."

"Ja vaikka olisikin, ensin pitää harkita, palveleeko laki Rexin etuja. Eikö olekin näin, sheriffi?" Anderson kysyi.

Harris istui hetken aloillaan punniten kommenttia. "Kuten eilen puhuimme varsin laveasti, on kaupungin etu yleensä yhteinen Rexin edun kanssa. Jos teillä, herra Anderson, olisi perhe, ajattelisitte tekin toisin."

"Mahdollisesti", vastasi Anderson ja kosketti sen jälkeen hattunsa lieriä ennen kuin astui ulos sheriffin toimistosta.

Pöytänsä taakse istumaan jäänyt Harris ei vastannut tervehdykseen.

Andersonin suljettua oven takanaan hän nosti katseensa kohti aurinkoa huokaisten kuuluvasti ja tylsistyneesti. Hänen edessään keskellä katua nimittäin seisoi Matthew Mills kädet molempien revolveriensa kahvoja hyväillen. Tuttua näkyä seurasi yhtä tuttu haaste kaksintaisteluun. Anderson astui pojan eteen hengittäen kuuluvasti nenänsä kautta. Mills oli häntä yli pään verran lyhyempi, joten hän katseli poikaa alaspäin. Anderson nosti oikean etusormensa ja melkein kosketti sillä Millsiä nenään.

”Nyt tämä pelleily saa loppua”, puheääni toi mieleen oppilasta toruvan opettajan. ”Seuraavalla kerralla minä saatan suostua. Ja sitä me emme halua, emmehän?”

Mills punehtui selvästi, mutta hänen ilmeensä ei muuttunut. ”Minä muistan tämän.”

”Syytä olisi”, vastasi Anderson. Sen jälkeen hän tökkäsi poikaa sormella rintaan ja jatkoi matkaansa keskuskatua pitkin.

Kohtaamisesta tuohtunut Anderson ei ensin edes huomannut, että vastaan kävellyt Garrett oli tervehtinyt häntä kättään nostamalla. Tämä hieroi sänkistä leukaansa tervehtien uudemman kerran, nyt sanallisesti. Parransänki kiinnitti Andersonin huomiota sen vuoksi, että tähän mennessä hän oli nähnyt kollegansa ainoastaan viimeisen päälle huoliteltuna ja sileäleukaisena. Garrett oli ehkä juhlinut heidän hyvin onnistunutta keikkaansa.

”Olet varmaan huomannut, että juuri nyt meidän ammattikunnallamme ei ole töitä näillä main”, Garrett totesi. ”Siksi mietin, josko lähtisimme kiertämään lähitienoon muut kaupungit. Luulisi, että jossain olisi ongelmia ratkottavana.”

”Niin”, vastasi Anderson. Hänen silmänsä kaventuivat. ”Lähialueilla voisi todellakin olla lisää naisia ja lapsia tapettavana.”

Yhdellä nopealla askeleella Garrett astui Andersonin eteen ja tarttui tätä vasemmalla kädellä rinnuksista. Samalla oikea käsi hakeutui lonkalla olevan pistoolin kahvalle.

”Pidähän pienempää suuta”, kivahti Garrett. ”Tiedät varsin hyvin, miksi toimintatapani ovat sellaiset kuin ovat. Sitä paitsi kaltaisesi muukalaisen ei kannata hankkiutua kanssani huonoihin väleihin.”

"Tiedän kyllä", vastasi Anderson. Hänen äänensä oli tyyni. "Ja nyt irrotat näppisi minusta."

Miehet katselivat hetken toisiaan kuin kivettyneinä. Anderson katsoi suoraan Garrettin tummiin silmiin, joka puolestaan kohtasi vaaleansinisten silmien pistävän tuijotuksen. Garrettin hiusveden tuoksu sekoittui hatun hienhajuun. Sitä ei edes preerian navakka tuuli vienyt pois Andersonin nenästä.

Lopulta Garrett totteli ja irrotti otteensa Andersonin rintamuksesta. Palkkionmetsästäjä toivotti vaalealle kollegalleen hyvät päivänjatkot ja harppoi pitkin askelin keskuskatua pitkin. Anderson puolestaan suoristi rypistyneen paitansa ja suuntasi kohti saluunaa.

Yhdistetyn hotellin ja saluunan edessä Anderson kohtasi John Davisin. Entinen palkkionmetsästäjän apulainen ja nykyinen baariapulainen esti sisäänpääsyn työntämällä Andersonin takaisin kadun puolelle. Sitten Davis asteli hänen eteensä tutussa vahvassa etukenossa apinamaisen pitkät kädet sivuilla riippuen.

"Meillä jäikin asiat kesken", uhosi Davis sylkeä pärskien. "En suinkaan ole unohtanut, että veit minulta työni."

Anderson ei vastannut. Sen sijaan hän tarttui Davisia kasvoista ja tönäisi tämän voimakkaasti kauemmas. Davis säilytti suurella vaivalla tasapainonsa ja veti asevyöltään pistoolin. Anderson veti kuluneelta asevyöltä esiin oman Smith & Wessoninsa, tosin huomattavasti Davisia nopeammin.

"Tämän asian vuoksi ei kannata tänään kuolla", sanoi Anderson matalalla äänellä irrottamatta hetkeksikään katsetta Davisista.

"Mutta joku päivä se voi kannattaakin", vastasi uhmakas baariapulainen revolveriaan heilutellen.

"Mutta ei tänään", päätti Anderson sananvaihdon laittaen revolverin takaisin koteloonsa.

Davis asetti suurieleisesti oman aseensa takaisin koteloon. Sen jälkeen hän näytti keskisormea ja jatkoi matkaansa. Epäluuloinen Anderson katseli vielä pitkään hänen jälkeensä, ennen kuin käveli tallille hevostaan tapaamaan.

∗∗∗

Talisman hirnahti lyhyesti nähdessään Andersonin. Taputusten jälkeen eläin sai kuulla, että heidän oli aika lähteä lyhyelle ratsastukselle, kuten monta kertaa aiemminkin. Se oli mitä parhain tapa selvittää ajatuksia, Anderson vakuutti hevoselleen. Talisman ei vastannut ja ratsastaja tulkitsi sen myöntymisen merkiksi.

Hevosensa satuloituaan hän etsi satulalaukusta nokkahuilunsa ja asetti sen rintataskussaan olevan vanhan valokuvan seuraksi. Hevosen ulos talutettuaan Anderson taputti Talismania lempeästi vielä kerran, nousi tämän selkään ja kiirettä pitämättä ohjasti ratsunsa ulos kaupungista.

Hevonen kulki hitaasti askeltaen ja Anderson piti kaupungin jatkuvasti näköpiirissä vasemmalla puolellaan. Leppeäksi muuttunut tuuli heilutti kitukasvuisia pensaita ja Talismanin askellus nostatti ilmaan pölyä.

Anderson ei pitänyt lukua siitä, miten monta kertaa ratsukko kiersi kaupungin ympäri laajassa kaaressa. Ulkopuolisen silmissä päämäärättömältä vaikuttava ratsastus saavutti kuitenkin lopulta päätöksensä ja Anderson suuntasi hevosen takaisin kohti kaupunkia. Hän otti esille tummuneen vanhan nokkahuilunsa ja alkoi soittaa hiljaa. Sormissa olevaan soittimeen oli kaiverrettu kirjaimet HELE.

Päätös oli tehty.

Aurinko oli laskemassa, kun Anderson palasi kaupunkiin. Ratsastaja ja hevonen heittivät pitkän varjon kaupungin keskuskadulle. Anderson luovutti Talismanin tallipojan hoitoon, irrotti satulan ja käveli sisään saluunaan. Baarimikko tervehti tulijaa kädessään olevaa pientä liinaa heilauttamalla, johon Anderson vastasi nyökkäyksellä. Varusteensa huoneeseen vietyään Anderson laskeutui takaisin alas narisevia puisia portaita myöten. Hän ei koskaan tottunut tuohon korvia riipivään nitinään.

Ilta oli alkamassa ja väkeä istui salissa kourallinen. Muutamat pelasivat korttia ja nurkassa käytiin kädenvääntökisaa. Anderson tilasi itselleen viskin, jonka Randall Simmons hänelle kuuliaisesti toimitti.

"Millainen päivänne on ollut, herra Anderson?" tiedusteli Simmons enemmänkin jutustelun vuoksi eikä niinkään siksi, että asia olisi häntä oikeasti kiinnostanut.

"Hyvin mietteliäs", vastasi Anderson kulauttaen viskin alas nopeasti.

"Vai niin, vai niin", kommentoi Simmons. "Toivottavasti tuloksia kuitenkin saavutettiin?"

"Kyllä, juuri niin tapahtui."

"No sepä mukava kuulla."

Viisaasti leppoisa baarimikko ei kysellyt enempää siitä, mitä Anderson oli itse asiassa päättänyt tehdä.

"Suosittelen pitämään pään alhaalla tänä yönä."

Simmons ei vastannut, mutta nyökkäsi varovasti hymyillen Andersonille.

Anderson palasi takaisin huoneeseensa ja asteli samaa tietä parvekkeelleen. Kaiteeseen nojaten hän antoi katseensa kiertää hämärtyvässä illassa kaupungin päästä päähän. Lopuksi hän katsoi uudelleen vasemmalle: sieltä hän oli saapunut vajaata viikkoa aikaisemmin. Sitten hän käänsi päänsä vielä kerran oikealle: sinne hän pian jatkaisi matkaansa.

Anderson palasi sisään ja sulki parvekkeelle johtavan oven takanaan. Sen jälkeen hän riisui takkinsa, hattunsa ja asevyönsä. Kiväärinsä ja pistoolinsa hän asetti pöydälle eteensä. Työvälineet puhdistettiin samalla uskonnollista hartautta muistuttavalla tavalla kuin aiemminkin. Sitten molemmat aseet ladattiin ja valmistautuminen kattoi rutiininomaisesti myös muiden varusteiden kunnon. Kaikki oli valmista.

Levolle laskeutuessaan Anderson oli melko varma, ettei paljoakaan nukkuisi tulevana yönä.

***

AIEMMIN

”Ettäkö lähtisit yksin Wyatt Smithin perään? Tämän seudun pahimman varkaan ja murhaajan jäljille? Sinähän olet Thorntonien poika? Ja vielä heidän ainoansa?” Sheriffi Simon Wilson tuijotti vasta teini-iän ohittanutta nuorta miestä edessään, eikä ollut uskoa korviaan. Wyatt Smithin etsintäkuulutus oli riippunut esillä pitkään ja asia kaipasi ratkaisua, mutta ei sentään hinnalla millä hyvänsä.

Anderson seisoi leveässä haara-asennossa puristaen luvatta lainattua Winchester-kivääriä kaksin käsin. Hänen ilmeensä uhkui nuoruuden intoa, johon ei ollut vielä sekoittunut lainkaan taitoa.

”Ei käy” jatkoi sheriffi Wilson pääteltyään, että Anderson oli ilmeisen tosissaan. ”Thaddeus ja Katherine eivät koskaan antaisi minulle anteeksi, jos heidän ainoa poikansa päätyisi enkelten kuoroon minun siunauksellani. Isälläsi on varmasti sinulle vähemmän riskialtista tekemistä tarjolla kuin etsintäkuulutettujen rikollisten jahtaaminen. Ulos täältä!”

Anderson astui sheriffin toimistosta ulos kadulle ja painoi valkean hattunsa entistä tiukemmin silmilleen. Turhautuneisuus sai hänet puristamaan hampaita tiukasti yhteen ja hengitys sihisi niiden välissä.

Takaa kuului variksen raakunta ja Anderson kääntyi ympäri. Sheriffin katoksen päälle oli istahtanut musta varis, joka tuijotti nuorta miestä vaaleansinisillä silmillään. Sen jälkeen lintu lehahti uudelleen lentoon ja suuntasi tasangolle. Sen ihmeempiä miettimättä Anderson riensi puolijuoksua variksen perään kivääriään kantaen.

Aurinko oli melkein painunut mailleen, kun varis lopulta laskeutui hiekkaisesta maasta pilkistävälle kivelle. Perässä seurasi puuskuttava ja selvästi nilkuttava Anderson. Hänen jalkojaan särki, eikä hän uskaltanut istahtaa katsomaan, kuinka paljon oli saanut rakkoja. Vasta silloin nuori mies tuli miettineeksi, että olisi ehkä kannattanut rientää linnun perään hevosen kanssa.

Pienen mäen toiselta puolelta erottui hirnahdus ja heti perään tukahdutetun läimäisyn ääni. "Helvetin luuska! Etkö sinä vieläkään ole oppinut tavoille!" Tämän jälkeen kuului vielä toinen läimäisy ja perään lyhyt narskuva ääni kavioiden painuessa hiekkaan.

Anderson unohti kipeät jalkansa välittömästi, pyyhkäisi hihalla hikistä otsaansa, tarttui kivääriin kaksin käsin ja ryhtyi kiertämään mäkeä kyyryssä liikkuen. Hänen siniset silmänsä loistivat nuotion valossa, jonka hän sai pian näkyviinsä.

Likaisen sinisiin farmarihousuihin, valkeaan paitaan ja mustiin liiveihin pukeutunut tummahiuksinen laiha mies seisoi selin Andersoniin päin leirinuotion takana. Mies yritti selvästikin rauhoittaa edessään olevaa ruskeaa hevosta, mutta huonolla menestyksellä. *Eikä toistuva lyöminen varmasti auta asiaa*, Anderson mietti suoristaen samalla selkänsä ja astui nuotion valon piiriin. Hän palautti samalla nopeasti mieleen etsintäkuulutuksen tuntomerkit ja päätteli katselevansa Wyatt Smithin selkää.

"Käänny ympäri kaikessa rauhassa ja nosta kätesi ylös. Lähdet mukaani kuolleena tai elävänä." Andersonia harmitti, sillä hän tunsi äänensä värisevän.

Smith teki työtä käskettyä, mutta nähtyään uhkaajansa laski kätensä takaisin alas sivuilleen. Smithin kasvojen vasenta puoliskoa halkoi syvä arpi ja tummissa silmissä oli ärsyyntynyt ja armoton katse.

"Ei se ihan noin helposti onnistu, poika", puhuessaan Smith veti pistoolin kotelostaan ja osoitti sillä Andersonia rintaan. Vasta silloin nuori mies muisti, ettei ollut edes osoittanut kiväärillä Smithiä.

"Tavallisesti olisin ampunut sen enempää miettimättä" jatkoi Smith hymyillen arpinen suupieli roikkuen, "mutta sinä vaikutat hauskalta tapaukselta. Kuka olet ja mistä tulet?"

Anderson nielaisi ja aukaisi suunsa vastatakseen. Samalla hetkellä Smithin takana oleva hevonen tönäisi isäntäänsä voimakkaasti. Smith otti muutaman horjuvan askeleen, astui jalallaan suoraan nuotioon ja loikkasi saman tien sivuun tulesta. Se riitti.

Anderson nosti kiväärinsä ja ampui nopeasti miestä kohti.

Luoti sattui Smithiä lonkkaan, ja hän putosi alas takamukselleen kimeällä äänellä kiroten. Vihainen pistoolinlaukaus Smithin revolverista suhahti Andersonin korvan läheltä pimeään yöilmaan kadoten. Nuori mies latasi uuden patruunan piippuun ja ampui nopeasti, mutta tällä kertaa huolellisesti tähdäten. Luoti osui Smithiä otsaan, ja hän rojahti selälleen ääntä päästämättä.

Luvatta lainattu kivääri putosi Andersonin käsistä ja hän jäi katselemaan vapisevia käsiään. Hetken hengitystä tasattuaan Anderson nosti katseensa hevosen puoleen ja otti muutaman askeleen. Ratsu korskahti ja kavahti taaksepäin.

”Ihan kaikessa rauhassa, ei mitään hätää.” Puhuessaan Anderson näytti hevoselle molemmat kämmenensä ja nosti sormenpäät taivasta kohden.

Askel kerrallaan ja hitaasti edeten nuori mies pääsi lopulta hevosen eteen. Hän laski kätensä eläimen turvalle ja silitti sitä hellästi. ”Oikein hyvä… kyllä tämä meiltä vielä sujuu… Talisman.”

Anderson tyynnytteli Talismaniksi nimeämäänsä hevosta vielä hyvän tovin. Sen jälkeen hän poimi Smithin tavaroiden joukosta likaisen rievun ja kietaisi sen vainajan pään ympäri: ruumiin auki jääneet silmät saivat Andersonin voimaan pahoin. Hän nosti ruumiin Talismanin selkään kuin puolityhjän säkin ja poimi lopuksi hiekalle pudottamansa Winchester-kiväärin.

Nuotion sammutettuaan Anderson huomasi, että satulaan oli merkitty tähtien ja kuun valossa erottuva teksti ”Smith”. *Onneksi tulin ampuneeksi oikean miehen*, nuori Anderson pohti noustessaan uuden ratsunsa selkään.

Luku 11

Sunnuntai

NYT

Anderson avasi silmänsä. Oli kuin häntä olisi käsketty heräämään. Ylös noustessaan hän näki, että sinisilmäinen varis katseli häntä huoneen yläorrella.

"Sinäkö minut herätit?"

Varis ei vastannut, vaan tuijotti tiiviisti takaisin vaaleansinisillä silmillään.

Anderson veti jalkaansa punertavat saappaat, kietaisi vyötäisilleen vanhan ja kuluneen asevyön varmistaen samalla uudestaan, että revolveri oli ladattu ja toimintakunnossa. Seuraavaksi Anderson puki ylleen pitkän ruskean takkinsa ja asetti päähänsä mustan lierihatun. Sen jälkeen hän otti vielä varmuuden vuoksi esille winchesterinsä. Ase oli ladattu ja hän palautti työvälineensä takaisin satulakoteloon. Lopuksi hän nosti koko satulan kantamuksineen mukaansa, käveli puiset portaat alas ja astui ulos pimeälle kadulle.

Noutaessaan Talismania tallista Anderson ei tervehtinyt ratsuaan. Satuloinnin jälkeen hän saatteli eläimen hotellin eteen, taputti Talismania kevyesti ja pyysi tätä odottamaan paikoillaan. Sen jälkeen Anderson käveli Rexin talon luo päättäväisin askelin.

Anderson pysähtyi kaivospohatan talon eteen ja katseli ympärilleen epäluuloisena. Hän ei nähnyt Rexin kahta musta-asuista vartijaa missään. Hän silmäili talon edustaa ja jäi kuuntelemaan henkeään pidättäen. Yön hiljaisuudessa hän ei erottanut muuta kuin oman hengityksensä ja sydämensä tihenevän sykkeen. Vaatteiden kahinakin kuulosti luonnottoman äänekkäältä. Anderson nousi portaat pääovelle ja iski nyrkillään voimakkaasti kaksi kertaa. Sisältä kuului askelia ja Rex tuli itse avaamaan oven. Vuorokaudenajasta huolimatta hän oli täysin pukeutunut. Totutusta edustuskelpoisesta asukokonaisuudesta puuttui ainoastaan knallihattu.

"Anderson? Mitä ihmettä te täällä teette tähän aikaan yöstä?"

"Asiani on kiireinen eikä voi odottaa aamuun, herra Williams", vastasi Anderson vaihtaen äänensävyn hunajaisimpaan diplomaattiääneensä. "Voisimmeko keskustella sisällä toimistossanne?"

Rex katseli hetken yöllistä vierasta selvästi punniten hänen sanojaan ja viittoi sitten Andersonia tulemaan sisään. Talo näytti olevan muuten pimeä, mutta käytävän päässä sijaitsevasta työhuoneen oviaukosta paistoi himmeä öljylampun valo. Anderson seurasi Rexiä, joka käski sulkemaan oven perässään. Kaivospohatta istahti tuoliin pöytänsä takana ja siirsi valoa antavaa lyhtyä hieman sivummalle. Tunnelma oli uhkaava, mutta samalla epätietoinen.

"Vartijanne eivät ole tänään töissä?" kysyi Anderson avaten neuvottelun.

"Täällä ei ole juuri nyt suuria määriä rahaa säilytyksessä, kun vasta kävimme viemässä talletukset turvaan", Rex vastasi käytännöllisesti. "Pitäisihän teidän se muistaa: olitte itse mukana."

Anderson päätti jättää sanallisen tölväisyn huomiotta.

"Sitä paitsi sheriffi Harris kävi täällä hetki sitten neuvottelemassa kaupungin tilasta. Siksi olen vielä pukeissa, jos sitä ihmettelitte", Rex jatkoi välittämättä Andersonin hiljaisuudesta.

"Ja te saavutitte jälleen yhteisymmärryksen lainvalvonnan suunnasta?" Anderson jätti kysymättä, miksi ihmeessä sheriffi ja Rex olivat katsoneet tarpeelliseksi käydä neuvottelunsa keskellä yötä.

"Juuri näin, mutta mitä teidän asianne koskee? Ja mikä siitä tekee niin kiireisen, ettei se voinut odottaa aamuun?" Rex alkoi kuulostaa kärsimättömältä.

"Herra Williams, saavutitteko te Harrisin edeltäjän kanssa yhteisymmärryksen myös silloin, kun palkkasitte Ethan Garrettin ja John Davisin tappamaan kivihiilikaivoksen tarjouskilpailun voittaneen edeltäjänne? *Vieläpä kylmäverisesti keskellä preeriaa puolisoineen?*" Andersonin ääni kohosi ja viimeiset sanat lausuttiin pidäteltynä huutona.

"Luuletteko voivanne poistua tästä talosta elävänä moisen herjauksen jälkeen?" Rex sanoi ja alkoi hivuttaa kättään kohti pöytälaatikkoa. Anderson veti revolverinsa esiin ja osoitti sillä kaivospohattaa rintaan.

"Tiesittekö, että tällä pariskunnalla oli mukanaan lapsi?" Anderson kysyi ja veti iskurin taakse. Hiljaisessa huoneessa äänekäs naksahdus vahvisti sanojen painoarvoa merkittävästi.

"Se on pelkkä perätön huhu."

"Sitten se huhu olen minä."

Rexin pöytälaatikkoa kohti hivuttautuva käsi pysähtyi ja hänen silmänsä laajenivat hämmästyksestä. Sitten Rex veti laatikon auki ja ehti ottaa pistoolin käteensä. Andersonin ampuman laukauksen suuliekki näkyi välähdyksenä kadulle asti Rexin työhuoneen ikkunasta.

Luku 12

Mahtimiehen rinnan vasemmalle puolelle ilmaantui punainen läiskä, joka alkoi hiljalleen laajentua. Rex huoahti vaimeasti ja pää nuokahti eteenpäin. Pistooli irtosi kädestä ja putosi kolahtaen lattialle.

Anderson laittoi revolverinsa takaisin koteloon, otti pöydän kulmalla olevan öljylampun ja rikkoi sen Rexin pöydälle esille jääneiden papereiden sekaan. Tuli tarttui niihin nopeasti, levisi ikkunaverhoihin ja siitä hiljalleen mattoon. Anderson poistui työhuoneesta ja sulki oven hiljaa takanaan.

Käytävässä oli pimeää, mutta pääoven ikkunasta paistava kuunvalo osoitti suuntaa.

”Isä? Isä? Mitä tapahtui? Heräsin meteliin?”

Ulko-oven saavuttanut Anderson kierähti ympäri niin nopeasti, että vaatteiden kahahdus kuulosti piiskan sivallukselta hiljaisuuden keskellä. Muutaman metrin päässä hänen edessään seisoi yöpaitaan pukeutunut Betty Williams, joka puristi nallea rintaansa vasten. Kiharat hiukset muodostivat sädekehämäisen pilven tytön pään ympärille.

Anderson veti pistoolin uudelleen kotelostaan ja osoitti sillä tyttöä. Tämä jähmettyi paikoilleen eikä tehnyt muuta kuin tuijotti suoraan Smith & Wessonin piippuun. Anderson viritti iskurin taakse. Seuranneet kolme sekuntia tuntuivat ikuisuudelta, jonka aikana palkkionmetsästäjä kuuli moneen kertaan päässään Garrettin muistutuksen: *lapset kasvavat aikuisiksi ja ennen pitkää he tulevat peräämme kostamaan.* Andersonin suu kiristyi tiukaksi viivaksi, kaulasuonet pullistuivat ja aseen piippu alkoi hienoisesti vapista. Tähtäys säilyi kuitenkin tiukasti. Anderson tunsi, kuinka ote revolverista heikkeni hien noustessa hänen kämmeniinsä. Hän joutui ponnistelemaan pitääkseen hengityksen tasaisena. Kaiken aikaa tuo pieni tyttö tuijotti suoraan revolverin piippuun täysin tyynenä. Hän ei täysin käsittänyt, mitä oli tapahtumassa.

Lopulta Anderson veti syvään henkeä ja laski aseensa. Sitten hän palautti iskurin takaisin alkuasentoon ja laittoi revolverin koteloonsa. "Nyt kannattaa tyttö kiireesti lähteä ulos talosta ja mennä jonnekin turvaan."

Sen sanottuaan Anderson poistui nopeinta mahdollista vauhtia Rexin talon pääovesta ulos. Hän ei halunnut jäädä katsomaan, totteliko vastikään orvoksi jäänyt Betty Williams hänen käskyään.

***

Isabel Simmons pyyhki päivän viimeisiksi töikseen keittiön työpintoja kookkaan lampun valossa. Hän kirosi mielessään, ettei ollut ostanut lisää öljyä lamppuun aiemmin sinä päivänä. Keskuskadulta kuului vaimea ääni, aivan kuin joku olisi laukaissut aseen sisätiloissa. Isabel tähyili ikkunasta ulos ja oli näkevinään vilkkuvaa valoa Rexin talon ikkunasta. Toden teolla rouva Simmons huolestui, kun hän näki yötaivasta vasten taivaalle kohoavaa savua. Isabelin ensimmäinen ajatus oli, että Betty saattoi tarvita apua. Rexin hyvinvoinnista Isabel ei ollut kiinnostunut. Hän heitti esiliinansa pöydälle ja asteli keittiön ovesta ulos.

Kierrettyään hotellin takaa keskuskadulle Isabel erotti pimeässä tumman hahmon, joka astui äänekkäin askelin Rexin talon portaita alas. Vaisto varoitti, joten tapojensa vastaisesti rouva Simmons piti suunsa kiinni ja kiersi isossa kaaressa talon taakse. Nyt vain sopi toivoa, että ovi olisi jätetty auki.

Isabel avasi takaoven, jolloin savu ja kuumuus löivät häntä kasvoille. Hetken yskittyään hän näki edessään Bettyn, joka seisoi häneen selin pääovea tiukasti tuijottaen.

"Betty! Tule ulos sieltä! Talo palaa!"

Rexin tytär seisoi kuin patsas eikä reagoinut mitenkään. Isabel syöksyi sisään henkeään pidättäen ja tunsi jo, kuinka lisääntyvä kuumuus alkoi polttaa kasvoja. Hän kaappasi Bettyn syliinsä ja juoksi kyyryssä takaisin ulos samaa tietä kuin oli tullutkin. Nähdessään taas edessään avoimen taivaan ja taivaanrantaan asti ulottuvan hämärän preerian rouva Simmons laski Bettyn alas, kumartui kaksin kerroin polviinsa nojaten ja yski pitkään.

Saatuaan lopulta hengityksensä tasaantumaan Isabel kääntyi ympäri ja huomasi Bettyn seisovan samassa paikassa, johon hänet oli laskettu. Kevyt tuuli heilutti tytön löysää yöpaitaa, mutta tulipalon lämmön ansiosta Bettyllä ei näyttänyt olevan kylmä. Hän puristi edelleen herkeämättä nallea rintaansa vasten.

"Tiedätkö, missä isi on?" kysyi Isabel ja polvistui Bettyn viereen. Tyttö tuijotti tulipaloa kivettynein kasvoin. Tunnetilan paljastivat ainoastaan isot kyynelvanat, jotka valuivat poskille.

***

Saatuaan muutamia metrejä välimatkaa kaivospohatan taloon Anderson tasasi lisää hengitystään ja kääntyi katsomaan taakseen. Liekit löivät hiljakseen Rexin työhuoneen ikkunasta. Nousevat liekit loivat leikkiviä varjoja keskuskadun pölyiseen maahan.

Andersonin ei tarvinnut kävellä sheriffin toimistolle asti, sillä Harris tuli häntä vastaan itse. Pienikokoinen lainvalvoja piteli kättään pistoolinsa kahvalla. Anderson pysähtyi jalat lievästi harallaan. Hän ymmärsi, että sheriffi katseli hänen takanaan olevaa Rexin taloa ja sieltä nousevien liekkien loimotusta.

"Päivällä käydyn lyhyen keskustelumme perusteella aloin ounastella pahaa", Harris sanoi. "Tule mukaani hyvällä. Tämän ei tarvitse päättyä rumasti."

"Älä asetu tielleni. En minä sinua halua."

"Se ei ole mahdollista. Tämä on minun kaupunkini ja sen etua puolustaakseni asetun kenen tahansa tielle."

"Ja jos kaupungin etuna on rikosten painaminen villaisella, olet valmis siihenkin?" Anderson kysyi.

Sheriffi ei vastannut. Hän tuijotti kohdettaan suoraan silmiin. Anderson puolestaan katsoi Harrisia aataminomenan alapuolelle. Rinnassa näkyvä sheriffintähti välkehti yössä, johon kelmeä kuu ja palavan talon liekit loivat valoaan. Anderson käänsi katseensa vasemmalle sheriffin toimiston suuntaan. Harris räpytteli silmiään muutaman kerran ja seurasi katseellaan perässä kääntäen päätään hieman oikealle. Samalla hetkellä kajahti laukaus. Luoti sattui

84

Harrisin sheriffintähden alapuolelle. Lainvalvoja oli kuollut ennen maahan luhistumistaan. Harrisin viimeinen ajatus oli muisto siitä, että häntä oli varoitettu katsomasta vastustajaa suoraan silmiin.

Anderson laittoi aseensa takaisin koteloon ja kääntyi kannoillaan kohti saluunaa.

Anderson ei ehtinyt kävellä kuin muutaman metrin. Hänet pysäytti saluunan kulmalta kuulunut huuto.

"Hei paskiainen!" ja nurkan takaa esiin astui Matthew Mills. Hän oli tutusti pukeutunut täyteen lännen miehen sotisopaansa. Erilaista oli se, että hän vaikutti lievästi humalaiselta. Toisekseen Mills ei aloittanutkaan tuttua uhoamistaan. Sen sijaan hän otti molemmat revolverinsa koteloistaan ja nosti ne Andersonin näkyville. Sen jälkeen sanaakaan sanomatta – Andersonia tiiviisti katsoen – Mills suoristi vasemman kätensä ja ampui laukauksen saluunan edessä kärsivällisesti odottavan Talismanin päähän. Hevosen harja pelmahti ja eläin lyyhistyi maahan ääntä päästämättä.

Andersonin silmät laajenivat, mutta hän seisoi edelleen paikoillaan hievahtamatta. Mills levitti molemmat kätensä suoriksi sivuille hymyillen leveästi.

"Mitä sanot? Joko nyt olisi sen kaksintaistelun aik-" – sen pidemmälle Mills ei koskaan päässyt. Anderson veti aseensa ja ampui. Luoti tunkeutui Millsin avoimeen suuhun ja tuli ulos takaraivosta kallon ilkeästi rusahtaessa. Poika kaatui selälleen ja jakoi Talismanin kohtalon.

***

"Anderson? Mitä helv-?"

Garrett oli astunut keskuskadulle saluunaa vastapäätä olevien pankin ja suutarin talojen välistä. Hän ei kuitenkaan ehtinyt lopettaa lausettaan. Anderson käännähti ympäri ja ampui ilman varoitusta Garrettia kohti. Ällistynyt palkkionmetsästäjä ähkäisi, tarttui alavatsaansa ja kompuroi takaisin talojen väliselle kujalle, jolta oli tullut. Anderson seurasi perässä pitäen pistoolinsa kaiken aikaa eteen suunnattuna.

Talojen takana ei ollut muuta kuin pieni kuivakäymälä, jonka puisen pinnan sade, tuuli ja aurinko olivat piiskanneet harmaaksi ja tikkuiseksi. Maa oli runsaiden askelten alla muuttunut mutaiseksi. Garrett makasi selällään puolimakaavassa asennossa käymälän oveen nojaten. Hän hengitti raskaasti vatsaansa pidellen. Kasvot olivat hikiset ja hampaat irvessä. Anderson pysähtyi Garrettin eteen ja osoitti tätä pistoolilla otsaan.

"Sinäkö siellä vankkureissa piileskelitkin?" Garrett kysyi.

Andersonin silmät laajenivat. Muuta vastausta Garrett ei kaivannutkaan.

"Arvasinhan minä, että se keikka koituu vielä kuolemakseni. Jos yhtään lohduttaa, se ei ollut henkilökohtaista."

"Mutta tämä on", vastasi Anderson ja viritti peukalollaan iskurin taakse.

"Sano vielä yksi asia", aloitti Garrett ja kohotti samalla vatsaansa pidelleen verisen käden kohti Andersonia. "Jäljititkö sinä minut jotenkin, vai löysitkö tiesi tähän kaupunkiin sattumalta?"

Samassa sinisilmäinen varis lennähti kuivakäymälän katolle ja raakkui kuuluvasti. Anderson vilkaisi lintua nopeasti ja huulilla käväisi pieni hymyntapainen. Sitten hän käänsi katseensa takaisin Garrettiin. Andersonin silmät kapenivat viiruiksi ja suu puristui tiukaksi viivaksi. Vastausta hän ei haavoittuneelle palkkionmetsästäjälle antanut. Anderson painoi liipaisinta.

Anderson kuuli takaansa vasemmalta lyhyen, mutta sitäkin kimeämmän rääkäisyn. Kääntyessään äänen suuntaan hän ehti huomata John Davisin ja tämän kädessä pistoolin. Huolimattomasti ammuttu laukaus riisti hatun Andersonin päästä, leikkasi oikean korvalehden yläosan irti ja piirsi ruman ja syvän haavan päänahkaan. Kipu pyyhkäisi Andersonin läpi. Hän ampui oman heittolaukauksensa, joka kilpistyi talon seinään ja irrotti siitä pienen puulastun. Hän ehti nähdä, kuinka Davis katosi nurkan taakse juosten kuin tuli hännän alla.

Anderson harppoi takaisin keskuskadulle. Hän näki Davisin nousevan kadulta löytämänsä hevosen selkään. Hurjasti huutaen mies kannusti ratsunsa laukkaan, suunta oli ulos kaupungista.

Anderson veti liipaisimesta, mutta ase löi tyhjää. Hän oli ampunut kuusi kertaa. Anderson muisti kuolleen hevosensa, juoksi tämän luokse ja laittoi pistoolin takaisin koteloonsa.

Tottuneella otteella Anderson sieppasi Winchester-kiväärin satulakotelosta ja teki vanhasta muistista nopean latausliikkeen. Käyttämättä jäänyt patruuna lensi ulos kaaressa, ja Anderson latasi heti perään uuden. Hän nosti kiväärin kohti hurjaa vauhtia pakoon ratsastavaa Davisia. Aseensa Anderson tuki saluunan kuistin pystypilariin.

Mies tuntui kivettyvän paikoilleen. Ympäröivä maailma lakkasi olemasta. Näkymään ei mahtunut muuta kuin aseen tähtäin ja sen toisessa päässä oleva John Davisin loittoneva selkä. Repeytyneen korvan tykytys lakkasi, eikä Anderson huomannut lainkaan kaulalleen leviävää verivanaa. Hän kuuli ainoastaan oman tasaantuvan hengityksensä ja sydämensä tasaisen sykkeen. Sitten hän pidätti henkeään. Sillä hetkellä mies ja ase olivat yhtä.

tu-tum... tu-tum... tu-tum...

Anderson puristi kiväärin tukkia ja luoti lähti. Ääntä hän ei edes huomannut. Rekyyliäkään hän ei tuntenut, vaan seisoi ennen ja jälkeen laukauksen paikoillaan kuin patsas. Luoti kieri vauhdikkaasti oman akselinsa ympäri muodostaen peräänsä kartiomaisen ilmapyörteen. Ammus lähestyi kohdettaan kuin tuomiopäivän tulinen keihäs.

Davisin paidan selkämys sai osuman ja luoti pysähtyi sydämeen. Miehen suu avautui huutoon, mutta ääntä ei kuulunut. Davis liukui pois hevosensa selästä ja putosi maahan kuin vetelä lumppupino.

Anderson latasi nopealla liikkeellä kiväärin piippuun uuden patruunan. Vielä savuava hylsy lennähti ulos patruunapesästä ja putosi keskuskadun pölyyn.

Vasta pitkän ajan kuluttua hän antoi itselleen luvan liikkua. Edelleen asettaan kahdella kädellä pidellen Anderson ryhtyi kävelemään kaikessa rauhassa kohti maahan lysähtänyttä Davisin ruumista. Kiire oli ohi.

Nousevan auringon ensimmäiset säteet alkoivat luoda valoaan

heräilevän kaupungin ylle. Rexin talon roihuavat jäänteet eivät enää tuoneet valoa maisemaan.

John Davis makasi puolittain vatsallaan kasvot maata vasten. Varmuuden vuoksi Anderson tarkkaili kaukaa, liikkuiko ruumis. Lähelle päästyään hän käänsi jalallaan Davisin ympäri. Kauhistuneeseen ilmeeseen jääneet kasvot tuijottivat taivaalle ja puoliksi hampaaton suu oli jäänyt kokonaan auki.

Anderson katseli Davisia päästä varpaisiin kaikessa rauhassa kiväärinsä tähtäimen yli. Vakuututtuaan kohteen kuolemasta hän laski aseen maahan ja irrotti Davisilta tämän valkean asevyön. Anderson pudotti Davisin pistoolin maahan ja laittoi koteloon oman Smith & Wessoninsa. Ruumiin viereen maahan jäi myös vanha kulunut asevyö, joka oli joskus ollut musta. Anderson huomasi valkeaa vyötä pukiessaan, että sen sisäpuolelle oli kirjailtu taidolla nimikirjaimet "J.D.". Lopuksi Anderson poimi winchesterinsä maasta ja lähti astelemaan takaisin kohti kaupunkia.

Davisin ruumis jäi niille sijoilleen avoimen taivaan alle. *Täytyyhän matojen ja korppikotkienkin syödä*, ajatteli Anderson.

***

Aurinko oli osittain noussut, kun Anderson palasi kaupunkiin. Maassa makaavia ruumiita lukuun ottamatta ketään ei näkynyt missään. Aivan kuin kaikki olisivat ymmärtäneet jäädä piiloon yhteisestä sopimuksesta.

Anderson löysi Garrettin sieltä minne oli tämän jättänytkin: talon takaa kuivakäymälää vasten makaamasta. Hän irrotti entisen palkkionmetsästäjän kaulasta keltaisen huivin ja pyyhki sillä korvaansa ja kaulaansa. Tykyttävä kipu ei ollut vielä hellittänyt, mutta veri alkoi selvästi hyytyä. Anderson heitti punatahraisen huivin Garrettin päälle ja poimi samalla hattunsa maasta. Siinä oli nyt reikä, mutta se sai silti kelvata. Hän työnsi etusormensa syntyneen reiän läpi ja kiitti onneaan siitä, että ainoastaan hattuun oli tullut uusi tuuletusaukko. Päähine kädessään Anderson lähti kävelemään kohti saluunaa.

Saluunassa oli haudanhiljaista, kun Anderson astui sisään. Saappaiden kantojen kopina kuulosti poikkeuksellisen äänekkäältä hänen kävellessä tiskille. Anderson asetti päähineensä pöydällä olevan muutaman juomalasin viereen ja niiden seuraksi vielä kiväärinsä.

"Voitte nousta ylös. Se on ohi", Anderson virkkoi nojailtuaan hetken tiskiin.

Hitaasti pöydän pinnan yläpuolelle kohosi ensin mustahiuksinen päälaki ja viimein Randall Simmons sai nostetuksi itsensä seisovaan asentoon. Hän pyyhki hikistä otsaansa vapisevalla kädellään, henkäisi syvään ja sai sitten aseteltua ajatuksensa palvelualttiiseen asentoon.

"Mitä saisi olla?"

"Viski voisi maistua, mutta vain yksi", vastasi Anderson.

Simmons kaatoi juoman lasiin kahdella kädellä pulloa voimakkaasti puristaen. Siitä huolimatta hän pystyi vain vaivoin peittämään kouriensa vapinan. Baarimikon käydessä omaa pientä taisteluaan Anderson asetti tiskille taskustaan kaivamansa, kuluneen valokuvan.

"Hieno kuva", kommentoi hetken kuluttua rentoutuneempi baarimikko. "Esittääkö se kenties perhettänne?"

"Kyllä", vastasi Anderson. "Joskin edesmennyttä sellaista, ainakin itseäni lukuun ottamatta."

"Sepä ikävä kuulla", sanoi Simmons nopeasti. "Ulkonäöstä päätellen sukunne on lähtöisin Euroopasta?"

"Kyllä. Vanhempani saapuivat Uuteen Maailmaan aikoinaan Venäjältä."

Simmons kurkotti kättään kohti tiskillä lojuvaa valokuvaa. Puolimatkassa hän pysäytti aikeensa ja katsoi kysyvästi Andersoniin. Tämän nyökättyä hyväksyvästi baarimikko uskalsi ottaa valokuvan käteensä. Ensin hän kuitenkin pyyhki sormensa varmuuden vuoksi esiliinaansa. Simmons näki kuvassa parhaimpiinsa pukeutuneen pariskunnan ja heidän välissään istuvan hymyilevän pojan.

"Tosin", jatkoi Anderson, "he eivät koskaan kutsuneet itseään venäläisiksi."

"Ai niinkö?" virkkoi Simmons aidosti hämmästyneenä. "Miksi he sitten itseään nimittivät?"

"He kutsuivat itseään suomalaisiksi", vastasi Anderson lyhyesti, kumosi viskin kurkkuunsa ja nielaisi kuuluvasti.

"Vai niin, vai niin", Simmons vastasi diplomaattisesti. Hänellä ei ollut aavistustakaan, mitä Anderson tarkoitti.

Simmons käänsi pitelemänsä valokuvan ympäri. Sen vasempaan yläkulmaan oli kirjoitettu kauniilla – nyt haalistuneella – käsialalla "Helena" ja oikeaan yläkulmaan "Anders". Keskellä kaikkein isoimmilla kirjaimilla luki "Jaakko Andersinpoika". Baarimikko hymähti ja havaintoihinsa tyytyväisenä ojensi kuvan takaisin Andersonille. Kuva katosi nopeasti takintaskuun.

"Yhden asian haluaisin tietää", aloitti Anderson lyhyen hiljaisuuden jälkeen. Simmons kohotti kulmiaan odottavasti.

"Viime yönä tielleni ei asettunut muita kuin sheriffi Harris ja John Davis. Miksi? Isommalla joukolla olisitte voineet laittaa enemmän hanttiin."

"Täällä on ollut tapana pitää huolta vain omista asioista", vastasi Simmons.

"Sellainen käsitys minullekin on jäänyt."

Anderson laski tiskille muutaman kolikon maksuksi juomastaan. Sen jälkeen hän laittoi hatun päähän ja otti kiväärin mukaansa pöydältä.

"Kiitokset. Minusta tuntuu siltä, ettemme enää tapaa."

"Se on hyvin mahdollista, herra Anderson", vastasi Simmons nyt kevyesti hymyillen. "Ja minunhan tässä pitää kiittää teitä: kaupunki on viimeinkin vapaa."

Anderson kosketti sormillaan hattunsa lieriä, kääntyi ympäri ja käveli viimeisen kerran ulos saluunasta.

Ulkona Anderson polvistui edesmenneen hevosensa ääreen ja laittoi kiväärin satulalaukkuun. Sitten hän vielä hetken taputteli Talismanin kaulaa ja hengitti useamman kerran syvään ratsuaan muistellen. Vieressä makaavalle Matthew Millsille hän ei suonut silmäystäkään. Pienen muistohetken pidettyään Anderson riisui satulan ja käveli kadun toisella puolella rauhallisesti seisovan mustan hevosen luo. Kyseessä oli Garrettin Hevonen. Anderson puhutteli ratsua ja heitti sitten satulan tämän selkään. Hetken ajan Hevonen vikuroi uudesta isännästä hämmentyneenä. Andersonin rauhoittava ääni sai sen kuitenkin rentoutumaan varsin pikaisesti.

"Sillä tavalla, Filip", hän maanitteli. "Meistä tulee vielä hyvät kaverit."

Filipiksi ristitty musta hevonen hirnahti. Sen jälkeen Anderson nousi uuden ratsunsa selkään ja suuntasi kulkunsa pois kaupungista.

Kaivospohatta Alexander "Rex" Williamsin talosta ei ollut jäljellä muuta kuin savuavat jäänteet, jotka jo kylpivät aamupäivän auringon valossa. Anderson ratsasti ristiin rastiin romahtaneiden hiiltyneiden hirsien ohitse edes vilkaisematta mustuneen rangan suuntaan.

Mustuneen palkin päälle istahti varis. Lintu räpytteli vaaleansinisiä silmiään ja loi sen jälkeen näköalapaikaltaan katseen kaupunkiin. Pitäjä ei ollut vieläkään herännyt askareisiinsa. Keskuskadulla ei liikkunut muuta kuin aamutuulen kuljettama pölypyörre.

Sinisilmäinen varis katseli taivaanrantaan katoavaa ratsastajaa ja lensi lopulta tämän perään muutaman kerran raakkuen.